春待ち同心【三】
不始末

小杉健治

コスミック・時代文庫

この作品は二〇一三年二月に刊行された『不始末　独り身同心（三）』（ハルキ文庫）を改題し、大幅に加筆修正を加えたものです。

目次

春待ち同心 人物相関図

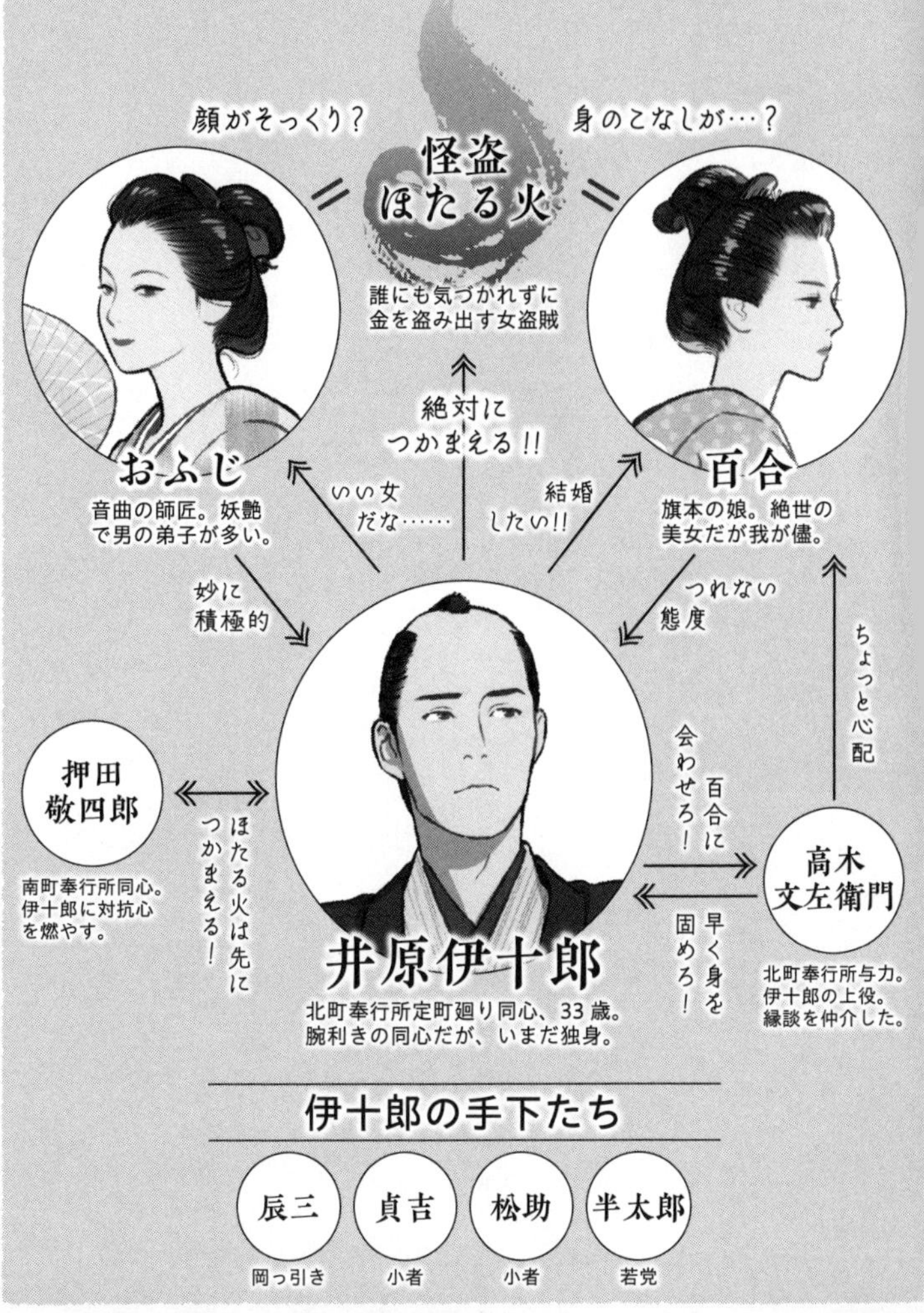
顔がそっくり？
身のこなしが…？
怪盗
ほたる火
誰にも気づかれずに
金を盗み出す女盗賊
絶対に
つかまえる!!
おふじ
音曲の師匠。妖艶
で男の弟子が多い。
いい女
だな……
結婚
したい!!
百合
旗本の娘。絶世の
美女だが我が儘。
妙に
積極的
つれない
態度
ちょっと心配
押田
敬四郎
南町奉行所同心。
伊十郎に対抗心
を燃やす。
ほたる火は先に
つかまえる！
百合に
会わせろ！
早く身を
固めろ！
高木
文左衛門
北町奉行所与力。
伊十郎の上役。
縁談を仲介した。
井原伊十郎
北町奉行所定町廻り同心、33歳。
腕利きの同心だが、いまだ独身。
伊十郎の手下たち
辰三
岡っ引き
貞吉
小者
松助
小者
半太郎
若党

第一章　荷崩れ

一

犬の遠吠《とおぼ》えが聞こえる。夜が更《ふ》けるにしたがい、風もひんやりしてきた。ひと通りが絶えた表通りで見かけるのは野良犬だけだ。

中秋の名月が過ぎ、これから徐々に秋も深まってくる。

北町奉行所定町廻《じょうまちまわ》り同心の井原伊十郎《いはらいじゅうろう》は岡っ引きの辰三《たつぞう》と共に本町《ほんちょう》通りを大伝馬町《おおでんまちょう》から通油町《とおりあぶらちょう》に向かっていた。

通りの両側の商家は大戸が閉まっているが、中では丁稚《でっち》小僧がまだ読み書き算盤《そろばん》の稽古《けいこ》をしているかもしれない。

背後の頭の上で物音がした。辰三がはっとして振り返った。伊十郎も振り返ったが、屋根の上で黒猫が鳴いた。

「ちっ。驚かせやがって」

辰三は拍子抜けしたように吐き捨てた。

江戸市中を騒がしている盗人《ぬすっと》の『ほたる火』が女賊だと瓦版《かわらばん》で報じられると、『ほたる火』の人気がいっきに高まった。

火縄の火で照らし、土蔵の錠前を開ける。たまたま土蔵から庭を突っ切って塀に向かった賊を見た者が、手に持っていた火縄の火がほたるのように見えたことから『ほたる火』という名がついたのだ。

身が軽い。忍び返しのついた高い塀をも楽に乗り越えることが出来るので、厄介な盗賊だった。

巷《ちまた》で『ほたる火』の人気が高まると、幕閣からも南北両奉行に早く捕らえろという催促があったという。

時の鐘が鳴りはじめた。

「旦那《だんな》。四つ（午後十時）ですぜ」

町木戸が閉まる時刻だ。しかし、『ほたる火』には木戸は関係ない。民家の屋根を伝い、簡単に隣の町内に移動する。

浜町堀《はまちょうぼり》に差しかかった。この堀沿いを大川のほうに行った高砂町《たかさごちょう》に、音曲《おんぎょく》の師匠おふじの家がある。

　いっとき、伊十郎はおふじが『ほたる火』ではないかと疑ったものだ。しかし、伊十郎がおふじの家に上がった晩に、『ほたる火』が現れた。

「そろそろ、引き上げよう」

　今夜、『ほたる火』が現れるとは限らない。現れない可能性のほうが高いだろう。橋の手前を右に曲がったのは、無意識のうちにおふじのことを考えていたからか。

　元浜町《もとはまちょう》から富沢町《とみざわちょう》に差し掛かると、堀沿いの道端に荷がたくさん積んであった。

「旦那。薪《まき》ですぜ。こんなところに荷を積み上げて」

　辰三が舌打ちした。

　往来に商品や薪、材木などを積み重ねておくのは盗難や、また荷崩れが起きる危険があるので積み重ねる高さや広さなどが制限されている。

「これは制限を超えているな」

　伊十郎は念のために縛ってある荒縄を引っ張ってみた。簡単に崩れることはなさそうだ。注意をしようかと思ったが、店の者を起こすのも気が引けた。それに、違法な荷積みの取締りは高積見廻《たかづみみまわ》り掛《が》かりの職分であった。

「明日にでも高積見廻り掛かりに知らせておこう」

店の表に廻り、看板を見た。炭薪《たんしん》問屋の『小牧屋《こまきや》』だ。

伊十郎たちが高砂町のほうに向かって歩きだしたとき、屋根に黒い影が走ったような気がした。

「旦那」

辰三も叫んだ。

猫にしては大きかった。

どこかの家の物干し台に消えたようだ。伊十郎と辰三は高砂町に入った。

「『ほたる火』でしょうか」

辰三が昂奮《こうふん》してきいた。

「いや。この界隈《かいわい》は小商《こあきな》いの店ばかりだ。『ほたる火』が狙《ねら》うのは大店《おおだな》だ」

『ほたる火』は身が軽く、錠前破りの名手だ。したがって、家人に気づかれずに土蔵に侵入出来る。そして、盗む金はだいたい五十両前後。そのぐらいだと、大店では金がなくなっていることにすぐには気づかないことが多い。二、三日経《た》ってから大騒ぎする場合もある。

『ほたる火』とは別の盗人かもしれない。

黒い影が消えた物干し台の家に向かった。そして、その家の前にやって来て、伊十郎は目を見張った。

おふじの家だった。

「旦那」

辰三も近寄って来た。

「音曲の師匠の家ですぜ」

「うむ」

伊十郎がどうするか迷っていると、おふじの家の格子戸が開いて、寝間着の上に半纏《はんてん》をひっかけたおふじが顔を出した。

「まあ、旦那。どうなすったんですか」

おふじが出て来た。

「いや。あやしい影が物干し台に消えたのを見たんだ。それより、おふじ。おめえはどうして出て来たんだ?」

「外でひと声がしたので出てみたんですよ。寝入りばなでしたんで、目が覚めて。まさか、旦那たちとは思いませんでした」

「そうか。起こしてしまったか。で、何も変わったことはないか」

「ええ」

中から女中のお光《みつ》が出て来た。

「お光。だいじょうぶだよ。早く、寝なさい」

おふじが声をかけた。

「はい」

寝ぼけ眼《まなこ》のお光はあくびをかみ殺して部屋に戻った。

「念のために、もう一度戸締りを確かめるんだ」

「はい」

おふじは辰三がいっしょなので、よけいなことは言わなかった。

おふじが家に入り、猿を下ろしたのを確かめてから、伊十郎と辰三はおふじの家の前から離れた。

「念のため、路地裏を見てみよう」

「へい」

別々に裏通りをまわって、再び通りで落ち合った。

「なんともありません」

辰三が言う。

「別に、どの家からも騒ぎは聞こえて来ないな」

「あれは勘違いだったんでしょうか。また、猫だったんですかねえ」

「うむ。ふたりとも見誤ったのか」

それも腑《ふ》に落ちないと思った。だが、何ごともなさそうだ。念のために、自身《じしん》番《ばん》と木戸番屋に顔を出し、事情を説明して、いちおう警戒するように言って引き上げた。


翌朝、伊十郎は髪結《かみゆ》いに髪と髭《ひげ》を当たってもらっていた。

「旦那。最近『ほたる火』の浮世絵が評判なのをご存じですかえ」

「なに、『ほたる火』の浮世絵だと？」

「へえ、小耳にはさんだだけで実物を見ていないんですが、黒装束に尻端《しりは》折《しょ》りし、黒い布で頬被《ほおかぶ》りをした女が描かれて、ずいぶん色っぽいって話です」

「そんなものが売りに出されているのか」

髪結いは市井《しせい》のいろいろな話を仕入れてくる。

「ええ、地本《じほん》問屋の『鶴屋《つるや》』が浮世絵の版元で、鳥海英才《とりうみえいさい》という浮世絵師が描いたものです。鈴木《すずき》春信《はるのぶ》の笠森《かさもり》お仙《せん》に負けないくらいの人気ぶりだそうですぜ」

笠森お仙とは天明期の明和三美人のひとりで、谷中《やなか》笠森稲荷《いなり》の水茶屋『鍵屋《かぎや》』の娘のお仙のことである。当時はたいへんな人気を呼んだらしい。

「鳥海英才なんて絵描きは知らねえな。それにしても、『ほたる火』が浮世絵になるとはな。盗人じゃねえか」

伊十郎は半ば呆《あき》れたが、改めて『ほたる火』の人気の高さに驚かされた。

庭から気合が聞こえるのは小者《こもの》の松助《まつすけ》だ。縄の先についている鉤《かぎ》を着物の襟《えり》に引っかけて、縄を全身にぐるぐる巻いて取り押さえる捕縛の仕方を稽古しているのだ。松助は感心なことに時間を見つけては捕物の稽古をしている。

「へい、旦那。お疲れさまでございました」

髪結いが伊十郎の肩に載せていた手拭《てぬぐ》いを外した。

「ご苦労」

伊十郎は手鏡を見て大きく頷《うなず》く。

そこに若党《わかとう》の半太郎《はんたろう》が飛んで来た。

「いらっしゃいました」

あわてふためいて言う。

「なに」

伊十郎も泡を食った。百合《ゆり》が来たのだ。いつも、百合は何の前触れもなくやって来る。まさか、きょうやって来るとは思わなかった。

やがて、目にも鮮やかな燃えるような紅葉《もみじ》の模様をあしらった着物で、京人形のような顔立ちの百合がつんとすまして現れた。

百合は上役の年番方与力高木文左衛門《ねんばんかたよりきたかぎぶんざえもん》の世話で娶《めと》ることになった許嫁《いいなずけ》である。二度出戻っていることでもわかるように、なかなかのわがままな女だ。歳は二十二。伊十郎はそれを承知で妻にすることに決めたのだ。

気が強く、わがまま。そんな欠点を補って余りある美貌《びぼう》に惹《ひ》かれた。しかし、想像以上に勝手気ままな女で、この屋敷にやって来るのも、いつも突然である。事前にひと言くださいとでも言おうものなら、では来ませんという答えが返ってくるに決まっている。

ようするに、所帯を持つ前から尻に敷かれている。これではいけないと思った。

「百合どの。よう参った」

伊十郎が精いっぱいの威厳を示した態度で応対するのを不思議そうな目で見て、

「なにも気取る必要はありません」

と、百合は軽くいなした。

伊十郎はあとの言葉が続かない。

「お茶を所望ぞ」

百合は半太郎に言う。

「はっ、ただいま」

半太郎があわてて台所に走った。

いつ来たのか、辰三と子分の貞吉《さだきち》が松助と並んで庭先に立っていた。

「おい、何を突っ立っているんだ」

伊十郎が三人を追い払うように手を振った。

「よろしいではありませぬか。みな、伊十郎どのの大切なお仲間。確か、辰三親分に貞吉さん。それに松助さん」

いったい、いつ覚えたのか、百合が三人の名前を口にした。

三人は感激している。

半太郎が茶を運んで来た。

「半太郎どの。ごくろうさまです」

「はあ」

名前を呼ばれ、半太郎は大仰《おおぎょう》に低頭した。

茶を一口すすってから、

「伊十郎どの。近々、父上がお会いしたいそうじゃ」

「はっ。喜んで」

婚約をしたつもりでいても、いまだ百合の親にも会っていない。不安定な状況なのだ。

百合の父親は五百石取りの旗本柳本為右衛門《やなぎもとためえもん》である。高木文左衛門から百合との縁談を持ちだされてから数カ月経つが、まだ結納《ゆいのう》のようなものはない。それどころか、一時は破談騒ぎまであった。

なぜ、破談になりかけたのか、いまもってわけがわからなかった。百合の気まゆえというつもりはないが、なんらかの誤解があったようだ。

いまはその誤解も解け、ようやく父親とも会えるようになったらしい。こうなると、じきに結納ということになるだろう。

やっと、百合が自分のものになる。そう思うと、つい口が綻《ほころ》んできた。

「伊十郎どの。お仕事でございましょう。私は帰ります」

百合は茶を飲み干してから立ち上がった。

「百合どの。まだ、だいじょうぶです。少しぐらい遅れても」

伊十郎が言うと、百合は蔑《さげす》むような目を向け、

「殿方はお仕事が第一です。女子《おなご》にかまけているようでは一人前の男になりませんよ」

と、諭《さと》すように言った。

「はあ。では、今度、夜に来て、ゆっくりなさっていってください。ぜひ、そうしていただきたい」

伊十郎は迫るように言った。

「わかりました。そういたします」

珍しく、百合は素直に応じた。

百合はさっさと玄関に向かった。あわてて伊十郎は追い掛ける。ふと、この場面に記憶があった。

先日、いきなり訪ねて来て、きょうのようにさっさと引き上げた。そして、門に向かいかけたとき、桶《おけ》が風で飛ばされて百合の足元目掛けて転がって来た。だが、百合は軽く身をかわした。桶は百合の後方へ転がっていった。

百合の身の軽さに驚いた。百合は武芸にも秀《ひい》でているのではないか。そのことを思い出しながら、百合が木戸門を出て行くのを見送った。

「旦那。いつ見ても、いい女ですねえ」

辰三が感嘆する。

「おう、ぼけっとするな。出かけるぜ」

伊十郎は照れを隠すように気負って言った。


いったん奉行所に顔を出し、改めて町廻りに出ようとしたとき、ちょうど出仕して来た高積見廻り与力の佐川平太郎《さがわへいたろう》に会ったので、伊十郎は『小牧屋』の積荷のことを話した。

「あい、わかった。注意をしておこう」

「よろしくお願いいたします」

一礼して離れ、伊十郎は奉行所を出て、外で待っていた辰三らを従えて町廻りに出た。

各町内の自身番に寄って、変わったことがないかをきいて廻る。

本町から大伝馬町に差しかかったとき、木綿《もめん》問屋『岩城屋《いわきや》』の店先から手代《てだい》が飛び出して来た。

もう少しで、辰三とぶつかりそうになった。

「おっと、あぶねえ。そんなに急いでどうしたんだえ」

「あっ、親分さん。ちょうどよいところに。たいへんでございます。ゆうべ、五十両が盗まれました」

「なに、五十両だと」

辰三が伊十郎の顔を見た。

「『ほたる火』か。よし、案内しろ」

伊十郎は辰三といっしょに『岩城屋』に入って行った。

裏庭に行くと、土蔵の前に主人の清兵衛《せいべえ》と番頭《ばんとう》らしい男が困惑した顔で立っていた。

「これは井原さま」

岩城屋清兵衛は伊十郎の顔を見て数歩近寄って来た。

「五十両が盗まれたそうな」

「はい。今朝、番頭が土蔵から銭函《ぜにばこ》を取りに来た際に千両箱を見たら五十両がなくなっていたのです」

岩城屋が答えた。

「どうして、千両箱を確かめたのだ?」

伊十郎は番頭にきいた。

「はい。『ほたる火』の噂《うわさ》を聞いており、私どもでもお金の確認を念入りにするようにしていました」

「そうか」

伊十郎は土蔵の錠前を見た。『ほたる火』は簪《かんざし》一本でどんな錠をも開けてしまう。その際、微《かす》かに鍵穴に簪でこすったような痕跡《こんせき》が残っているのだ。

「辰三、見てみろ」

伊十郎は辰三に鍵穴を見せた。

「やはり、ありますね。間違いありません。『ほたる火』です」

辰三は言い切った。

「五十両がなくなったのはきのうの夜に間違いないか」

伊十郎は岩城屋と番頭にきいた。

「間違いありません。ゆうべの五つ（午後八時）に調べました。確かに、ありました」

「そうか」

ふと、ゆうべ高砂町に差しかかったときに見た黒い影を思い出した。おふじの家の近くだった。

まさか、仕事を終えた『ほたる火』が帰って来たところではあるまいか。いや、そんなはずはない。おふじが『ほたる火』ではないことは、伊十郎自身が一番よく知っていることだ。

塀を調べていた松助が戻って来た。

「塀を乗り越えた場所がわかりました」

伊十郎と辰三は松助のあとに従った。

植込みの中を縫い、松の樹《き》のそばに行く。

「この枝の付け根の辺りに皮が少しめくれているところがあります。足をかけたあとじゃありませんかえ」

松助が節《ふし》のところを指さす。

「確かにな」

辰三も応じる。

だが、侵入の経路がわかったところで、どうしようもないのだ。『ほたる火』の正体に結びつくものが落ちていればともかく、地べたには足跡すらない。つまり、足跡が残らないようにうまく庭を移動している。

そのあと、奉公人にいちおう話をきいたが、誰も異変を察知した者はいなかった。夜中に厠《かわや》に起きた者も、土蔵のほうまではまったくわからない。

結局、盗人が『ほたる火』であることを確認しただけで、手掛かりは何もつかめずに引き上げた。

「旦那。ゆうべの黒い影。あれ、なんだったんでしょうね」

辰三も気にしている。

「まさか、あの辺りに『ほたる火』の隠れ家があるんじゃ？」

「そんなはずはねえ」

否定したが、伊十郎もなんとなく引っかかった。

『岩城屋』をあとにしてから、ふと伊十郎は髪結いの言葉を思い出した。

「『ほたる火』の浮世絵を見てみたい。確か『鶴屋』は小伝馬町《こでんまちょう》ではなかったか」

「ええ、そうです。行って来ますかえ」

松助が言った。

「うむ。一枚買って来てくれ」

伊十郎は財布を取り出し、銭を松助に渡した。

「俺たちは念のために周辺の自身番や木戸番を当たってみる」

伊十郎は期待しないで言った。

まず、大伝馬町の木戸番屋に寄った。駄菓子や草履《ぞうり》、草鞋《わらじ》、箒《ほうき》などが並んでおり、焼き芋のいい匂《にお》いがしていた。

木戸番屋の番太郎は三十過ぎの浅黒い顔の男だ。

「旦那。『ほたる火』が出たんですかえ。いえね、さっき旦那たちが『岩城屋』に入って行くのを見かけたものですから」

「そうだ。『ほたる火』だ」

辰三が答えた。

「ゆうべ、五つ以降、ひとり歩きの女は通らなかったか」

「いえ。ひとり歩きの女のひとは通りません。茶屋に勤めているおうめって娘が店の者に送られて通っただけです」

「おうめはこの町内に住んでいるのか」

「そうです」

「送って来たのは茶屋の男だな」

「そうです。茶屋っていってもお酒を出す店ですが」

「どこの茶屋だ？」

「本町三丁目にある『青田《あおた》』っていう茶屋です」

ひょっとしたらおうめかその茶屋の男が誰かとすれ違ったり、誰かを見かけたりしていたかもしれない。

念のために、あとで話をきいてみる必要があった。

木戸番屋から次に自身番のほうに向かいかけたとき、松助が戻って来た。急いで来たようで、息が上がっていた。

「旦那。これしか残っていませんでした」

伊十郎は浮世絵を受け取った。

「これは……」

伊十郎は覚えず言葉を失った。

黒装束もなまめかしい盗人が背中を向けて立って振り向いている。襟元に赤いものが見える。ほとんど黒一色でありながら、肩の線や腰のあたりが色っぽい。

顔は黒い布で頬被りをしているが、目元がすっきりし、鼻筋が通ってすこぶる美人である。

伊十郎が驚いたのは一度出会った『ほたる火』の後ろ姿にそっくりだからだ。

「旦那」

辰三が甲高《かんだか》い声を出した。

「この顔、誰かに似てませんかえ」

「顔?」

「どうも思い出せませんが、誰かに似てますぜ」

辰三は諦《あきら》めたように言った。

伊十郎は自分が見た後ろ姿にそっくりなことに驚きを禁じ得なかった。想像で描いたのか、それとも……。

「この絵師に会ってみる。絵師の住まいを調べて来い」

伊十郎は松助に命じた。

二

浮世絵師鳥海英才の家は浅草の田原町《たわらまち》にあった。

東本願寺の裏門の近くの二階家だ。

「ごめんよ」

辰三が格子戸を開け、奥に声をかけた。

薄暗い部屋から小柄な婆《ばあ》さんが出て来た。

「英才はいるかえ」

辰三が奥に目をやりながら婆さんにきく。

「出かけております」

「そうかえ。で、いつごろ帰るんだ？　出直すからおおよそでいいから帰る時刻を教えてくれないか」

「いつ帰るかわかりません。たぶん、きょうは帰らないと思います」

「なんだ、どういうことだ？」

「一昨日《おとつい》から、絵筆を持って出かけています。絵筆を持って行くと、四、五日は帰りません。場合によっては、もっとかかるかもしれません」

「どこに行くとか言っていかなかったのか」

「はい。ひょっとしたら川崎大師《かわさきだいし》かもしれません」

「川崎大師か」

「婆さん、すまぬが、仕事場を見せてくれぬか」

伊十郎は頼んだ。

「さあ、私が叱《しか》られます」

婆さんは困惑した。

「なあに、婆さんは知らなかったことにすればいい。俺たちが勝手に踏み込んだ。そういうことならだいじょうぶだろう」

「は、はい」

「仕事場は二階か」

「そうでございます」

「わかった。勝手に見て来るから、婆さんは台所にでもいてくれ」

そう言い、伊十郎は部屋に上がった。辰三がついて来る。

二階に上がって、伊十郎は驚いた。八畳間に何枚もの下絵が散乱していた。芸者や茶屋女、さらには裸の女の絵があった。

伊十郎は下絵をかき分けた。すると、『ほたる火』の下絵があった。正面を向いて立っている絵や頬被りをした顔だけの絵だ。

「旦那。この顔、あの音曲の師匠ですぜ」

「なに」

伊十郎は改めて眺めた。なるほど、言われてみれば、おふじに似ている。

うむと、伊十郎は唸《うな》った。

これはどういうことだ。

「まだ、ありますぜ」

辰三がさらに『ほたる火』の下絵を見つけた。屋根伝いに前屈《まえかが》みで走っているところや、屋根から下りたところなど、いろいろな構図の絵だ。

そういう目で見るせいか、どの顔もおふじに似ていた。

「旦那。英才は『ほたる火』に会っているんじゃありませんかえ」

「そうだ。姿を見てなきゃ、こんな絵は描けまい」

この絵の『ほたる火』の立ち姿は実物にそっくりだ。いくら天才とはいえ、想像だけでこんな絵が描けるとは思えない。

「どうしても本人に会わなくてはならねえ」

伊十郎は部屋を出た。

「版元に問い合わせて英才の居所を探すんだ」

外に出てから、伊十郎は辰三に言った。

その夜、与力の高木文左衛門の使いが来て、屋敷まで来て欲しいという言伝《ことづ》てだった。

伊十郎は胸が高鳴った。夜に屋敷に呼ぶ用事は、百合のこと以外に考えられなかった。伊十郎は勇んで、文左衛門の屋敷に急いだ。

屋敷に着くと、伊十郎は客間に通された。待つことなく、文左衛門がやって来た。

「呼び立ててすまなかったな」

文左衛門が機嫌よく言う。

「いえ」

「どうだな、近頃は？」

「はっ？」

つい、きき返したのは、まさか世間話をするために呼び出したわけではあるまいと思ったからだ。

「なにがでございますか」

「女のほうだ。どこぞの後家《ごけ》や妾《めかけ》を口説《くど》いたりはしておるまいな」

厭味《いやみ》ったらしく、文左衛門が言う。

「もちろんでございます。私は百合どのを娶ると決めた以上、百合どの以外の女には目もくれませぬ」

「うむ。結構、結構」

文左衛門は機嫌よさそうに頷き、

「ところで、また『ほたる火』が出たそうな」

と、話を逸《そ》らした。

「高木さま」

なかなか肝心なことを言い出さないので、伊十郎から催促した。

「お呼び出しの用向きはなんでございましょうか」

「おう、そうであった」

文左衛門は涼しい顔をしている。伊十郎の気持ちを知っていて、わざと焦《じ》らしているのに違いない。意地悪なお方だと思った。

よし、そっちがその気なら、こっちも負けないと、伊十郎は妙なところで張り合う気持ちになった。

「そうそう、高木さま。『ほたる火』の浮世絵がいま巷で評判を呼んでいるのをご存じでいらっしゃいますか」

「なに、『ほたる火』の浮世絵？」

文左衛門が意外そうな表情をした。『ほたる火』の浮世絵のことか、それとも伊十郎が関係ない話を持ちだしたことか。

「それがなかなか色っぽく描いてあります。鳥海英才という絵師が描いたものでして、まるで実物を見て描いたのではないかと思える出来栄《できば》えでございまして」

戸惑ったような顔をしている文左衛門を心の内で笑いながら、

「そうだ。これから屋敷に戻って持って参りましょう。しばし、お待ちいただけましょうか」

そう言い、伊十郎は腰を浮かせた。

「待て。よい」

文左衛門が苦い顔をして呼び止めた。

「そうでございますか。私としては、ぜひ高木さまにもご覧いただきたいと思いまして」

「そんなものは後日でよい。きょう呼んだのは、百合どののことだ」

伊十郎をからかうつもりが当てがはずれ、文左衛門は面白くなさそうに切り出した。

「さようでございますか」

伊十郎はわざと落ち着いて言う。

文左衛門はすぐに続けようとしない。伊十郎はじっと我慢をした。奇妙な沈黙が流れ、やがて文左衛門の舌打ちが聞こえた。

「伊十郎」

「はい」

「柳本為右衛門どのが、そなたと会いたいと言って来た」

覚えずにんまりとし、

「はい。承知いたしました」

と、伊十郎は答えた。

「追って日時は知らせるが、おそらく場所は浮世《うきよ》小路《しょうじ》にある料理屋になるだろう。そのつもりで」

その料理屋で、文左衛門から百合との妻帯話を持ちだされたのだ。

「畏《かしこ》まりました。私のほうはいつでも」

「そこで、結納の話などをすることになろう」

「はっ」

「うれしいか」

「はい。これも高木さまのおかげでございます」

「うむ」

文左衛門は大きく頷いてから、ふと声をひそめた。

「伊十郎。わしから話を持ちかけておきながら、なんだが、思い直すなら今ぞ」

「なんのことでございましょうか」

意味が理解出来ず、伊十郎はきき返した。

「百合どのを娶ることだ。なにしろ、あのようなわがままで身勝手な女をわしは知らぬ。見た目に騙《だま》されたら苦労するぞ」

文左衛門の目が微《かす》かに笑ったように思えた。調子に乗って話を合わせたら、あとで何を言われるかわからない。

食えないお方だと思いながら、伊十郎は懸命に訴えた。

「何を仰《おっしゃ》いますか。百合どのはほんとうは女らしく、やさしいお方。私なら百合どのとうまくやっていけます。どうぞ、ご安心ください」

「さようか」

文左衛門は顔を歪《ゆが》めた。

少し機嫌を取り結んでおかないとまずいと思い、伊十郎は畳に手をついて訴えるように言った。

「高木さま。祝言《しゅうげん》の暁《あかつき》には、高木さまが仲人《なこうど》をしていただけるのでしょうか。私には高木さまより他に頼るべきお方がおりませぬゆえ」

「もちろんだ。わしがふたりを結びつけたようなものだからな」

「ありがとうございます」

伊十郎は低頭し、礼を述べた。

文左衛門の機嫌は直っていた。


伊十郎が屋敷に引き上げると、小者の松助が門の前で待っていた。

「旦那。たった今、貞吉がやって来て、富沢町の炭薪問屋の『小牧屋』の荷が崩れてひとが死んだと知らせてきました」

「なに、『小牧屋』だと」

あのとき路上に荷を積み上げていた店だ。伊十郎は部屋に戻って十手《じって》を取り、刀を持って再び門を出た。

江戸橋を渡り、葭町《よしちょう》を通って浜町堀に出た。その川沿いを大川と反対方向に行くと、提灯《ちょうちん》が幾つも揺れていた。

伊十郎が駆けつけると、辰三が待っていた。

「旦那。荷の下敷きになったようです」

崩れた荷は片づけられていたが、残った荷の前に男が倒れていた。

伊十郎は辰三が照らす提灯の明かりで死体を検《あらた》める。額が割れていた。胸や腹、そして太股《ふともも》の辺りに圧迫された跡があった。重たい荷に押しつぶされたのだ。

「どうやら四《し》半刻《はんとき》（三十分）以上下敷きでいたようです」

「店の者は荷崩れに気がつかなかったのか」

「そのようです。五ツ半（午後九時）ごろたまたま通りかかった近所の職人が荷が崩れているのを見つけ、『小牧屋』に知らせたのです。『小牧屋』の奉公人が荷を片づけていたら、ひとが下敷きになっていたってわけです」

「額に傷があるな」

この額の傷はどうして出来たのか、と伊十郎は訝《いぶか》った。

「たぶん酔っぱらって寄り掛かったとき、荷が揺れた。驚いて見上げたときに一番上の荷の角が額を直撃したんじゃないですかえ」

「まあ、そんなとこだろうな」

伊十郎は腑に落ちないままに答えた。

「この男の身許《みもと》はわかったのか」

「いえ、どうも近所の者ではないようです。自身番の者や木戸番も知らない顔だと言ってました」

「そうか。で、『小牧屋』の主人はどうしているんだ？」

「店の中です。呆然《ぼうぜん》としています」

「そうか。ひとが死んでいるんだ。『小牧屋』は無事ではすまねえな」

「へえ」

伊十郎は店に入った。

店の板の間に『小牧屋』の主人が惚《ほう》けたように座り、傍《かたわ》らで内儀《ないぎ》が泣きそうな顔で主人に付き添っていた。

「『小牧屋』の主人か」

伊十郎はまず確かめた。

「は、はい。卯平《うへい》にございます」

目は虚《うつ》ろだ。

「いつも荷を外に出していたのか」

「いいえ、手違いがあって多く荷が入ってしまい、やむなくあんな場所に置いてしまいました」

声が震えている。

「高積見廻りから注意を受けなかったのか」

「いえ」

「受けていない？　いや、注意される前に片づけるべきだったのだ」

佐川さまは忘れたのかと思った。

「はい。申し訳ございません」

「旦那。亡くなられたお方のお身内にはどんなことでもさせていただきます。どうか、主人の身だけは」

内儀が泣きながら訴えた。

「それはこれからの調べによる」

伊十郎はそう答えたが、荷崩れでひとを死なせてしまえば、遠島の罪は免れまい。そのことは、小牧屋卯平とて十分に承知していたはずだ。

そこに、高積見廻り与力の佐川平太郎が同心とともにやって来た。

「卯平。とんでもないことになったではないか」

佐川平太郎が卯平に声をかけた。

「佐川さま。申し訳ございません」

卯平が泣きそうな声を出した。

何か声をかけようとしたが、佐川平太郎はただ卯平に頷いてみせただけで、すぐに伊十郎に顔を向けた。

「伊十郎」

「はっ」

「私が責任を持つ。まだ、大番屋に連れて行くな」

「わかりました」

伊十郎から話をきいたとき、佐川平太郎がすぐに卯平に注意をしておけばこのような事態にはならなかったかもしれない。そのことに、責任を感じているのかもしれない。

あとを任せ、伊十郎は外に出た。

死体は戸板に載せ、奉行所に運ばれて行った。ともかく、亡くなった者の身許を割り出さなければならない。

三

翌日、伊十郎はいったん奉行所に出て、ゆうべの死体をもう一度検めた。明るいところで見ると、額の傷が思った以上に深いことがわかった。

男は中肉中背で、四角い顔をしている。歳《とし》は三十半ばぐらいか。顔は浅黒く、精悍《せいかん》な感じだ。右眉《まゆ》のところに黒子《ほくろ》があり、比較的、特徴のある顔をしていた。

小者の松助にその特徴を紙に書かせた。

それから、高積見廻り与力の佐川平太郎と打ち合わせをし、卯平をどうするか話し合った。

平太郎は卯平から日頃付け届けをもらっているようだ。そのせいもあって、なるたけ刑が軽くなるように持って行こうとしている。だが、死人が出たとなると、罪を逃れられまい。最悪、遠島ということになる。

「卯平はホトケの家族にじかに謝りたいと言っている。身許がわかるまでもうしばらく待ってやってくれぬか」

入牢《じゅろう》引き延ばしのために、平太郎が考え出したことに違いない。そう思ったが、謝罪をしたいという気持ちもわからなくはないので、もうしばらく卯平を捕らえないでおくことにした。過失であり、逃亡の恐れもない。

「自害するようなことはありませぬか」

伊十郎は心配を口にした。

「断じてない。そんな、卑怯《ひきょう》な男ではない」

「わかりました。そのようにいたします」

伊十郎は佐川と別れ、松助といっしょに奉行所を出た。

門の外に辰三と貞吉が待っていた。同心について下働きをする小者は奉行所に名を通しており、つまり表向きの者だ。だが、岡っ引きは同心が私的に使っているので、奉行所とは何ら関係のない身分である。

だから、辰三と貞吉は奉行所に入れないのだ。

伊十郎たちは呉服橋御門《ごふくばしごもん》を出て、富沢町に向かった。

「まずホトケの身許の洗い出しだ。念のために、あの近くの呑《の》み屋を当たるんだ」

道々、辰三と貞吉にホトケの特徴を説明した。ふたりとも提灯の明かりで見ただけなので、十分に特徴をとらえられていないかもしれないからだ。

富沢町の現場にやって来た。

ホトケがこの『小牧屋』の脇を通りかかったのはゆうべの五つごろだろう。二日前に荷を見たが、何もないのに自然に崩れるようには思えなかった。辰三が言うように、酔っぱらっていて、よろけて寄り掛かった拍子に荷が崩れたのだろう。やはり、この近くで酒を呑んでいた可能性が高い。

「富沢町の自身番で落ち合おう」

「へい」

辰三たちが散って行ったのを確かめて、伊十郎は隣りの高砂町にあるおふじの家を訪れた。

格子戸の前に立つと、三味線《しゃみせん》の音と艶《つや》っぽい声が聞こえて来た。いいもんだ、と聞きほれていると、ふいに格子戸が開いた。

「あら、井原さま」

女中のお光だった。買い物に行くところらしい。

「おふじは稽古の最中か」

「はい。でも、だいじょうぶですよ。ちょっときいて参ります」

お光は引き返した。すると、三味線の音が止《や》んだ。

お光が戻って来た。

「お上がりください。私は出かけて参ります」

そう言い、お光は伊十郎の脇をすり抜けて下駄《げた》を鳴らして出て行った。

伊十郎は刀を腰から外し、部屋に上がった。

「まあ、旦那。いらっしゃい」

隣の部屋からおふじが出て来た。目元は涼しく、頬の線はなだらかだ。艶《あで》やかな顔である。凛《りん》として、すらりとした姿は柳のようにしなやかな感じだ。

「すまねえな、稽古の邪魔をしちまって」

「いいんですよ。ちょうど、喉《のど》が渇いたのでお茶でも飲もうと思っていたんですよ」

伊十郎は黒い瞳《ひとみ》にふと吸い込まれそうになった。

「そうかえ」

あわてて、目を逸らす。

「旦那。どうぞ、こちらに」

おふじは居間に誘《いざな》った。壁に三味線が三棹《さお》。縁起棚の横には大きな熊手《くまで》が飾ってある。北角の柱の上に、穴八幡《あなはちまん》の一陽来復の御札《おふだ》。今年の恵方《えほう》に向けて貼《は》ってある。今では見馴《みな》れた光景だ。

「いま、お茶をいれますよ」

長火鉢で鉄瓶が湯気を立てていた。

「旦那。『小牧屋』さんで、たいへんな事故があったんですってね」

茶をいれながら、おふじが言った。

「うむ。荷の下敷きになって死ぬなんて、まったく運が悪いぜ」

伊十郎はホトケに同情して言う。

「亡くなったのはどこのおひとなんですか」

「まだ、わからねえ。独り身かもしれぬな。家族がいたら、名乗り出て来ると思うが。そうだ、おめえに心当たりはねえか。中肉中背の三十半ばぐらいの男だ。四角い顔で、右眉の上に大きな黒子がある」

「さあ、ちょっと」

「おめえの弟子ってこともないな」

「ええ、そういうお弟子さんはいませんねえ」

おふじは小首を傾《かし》げてから、

「はい、どうぞ」

と、茶を差し出した。

「すまねえ」

伊十郎は茶をすすってから、

「おふじ。これを見てくれねえか」

と、懐《ふところ》から『ほたる火』の浮世絵を取り出した。

「なんですね、これ」

おふじは浮世絵を見た。美しい眉が微かに動いた。

「『ほたる火』という女の盗賊だ」

「まあ」

「いま、巷では評判の浮世絵だ。どうだ、色っぽいだろう」

「ええ」

おふじは戸惑《とまど》い気味に答えた。

「よく見てみろ。誰かに似てないか」

「誰ですね」

「おふじ、おめえだ」

「えっ、私ですか」

おふじは改めてまじまじと浮世絵を見つめた。

「どうだ？」

「さあ、自分じゃわかりません」

「おふじ、すまねえが、この絵と同じように立ってくれねえか」

「えっ。いやですよ、旦那。まるで、私が『ほたる火』みたいじゃないですか」

「いや、おめえが『ほたる火』じゃねえことは俺がよく知っている。いつぞや、俺がここにやって来た夜、『ほたる火』が出たんだ。だから、おめえじゃねえ」

「じゃあ、どうして？」

「なんで、おめえに似ているのか気になるからだ。さあ、立ってくれねえか」

伊十郎は急《せ》かした。

困惑しながら、おふじは立ち上がり、背中を向けた。そして、絵の『ほたる火』と同じように振り向いた。

その色っぽい姿に、伊十郎は覚えず生唾《なまつば》を呑み込んだ。あわてて、煩悩《ぼんのう》を追い払い、絵と見比べた。

似ている。肩から背中の線に柳腰《やなぎごし》。同じような気がする。伊十郎が見た『ほたる火』もこんな感じだった。

何人か似ている女はいるのだろう。そう思いながらも、不思議な気持ちだった。

「鳥海英才っていう浮世絵師を知っているか」

ひょっとして、おふじを『ほたる火』に見立てて描いたのではないかと思ったのだ。

「いえ、知りません」

「ほんとうだな」

「ええ」

「どこかで見られたのかもしれねえ。まあ、英才にきけばわかるだろう」

「旦那。なんだか、薄気味悪いわ」

おふじは身をすくめた。

「お弟子さんが見たら、私だと思うんじゃないかしら。困ったわ」

「なあに、でんと構えていればいいさ」

伊十郎はなぐさめた。

「はい。そうします」

おふじは素直に頷いた。

格子戸が開いた。お光が帰って来たようだ。

「どれ、引き上げるとするか」

「あら、旦那。もう帰ってしまうんですか」

おふじが少しすねたような目をして言う。とろけるような色気に、伊十郎は胸が轟《とどろ》く。百合という存在がなければ、俺は間違いなくおふじを口説いていただろう。

こんなところを百合に見られたらたいへんだ。伊十郎は気を引き締めた。

「旦那。またゆっくり遊びに来てくださいな」

「ああ、また寄らせてもらうぜ」

おふじの家を出て、伊十郎が待ち合わせの自身番で待っていると、まず辰三がやって来た。

「ごくろう」

伊十郎はねぎらう。

「この界隈《かいわい》の居酒屋や一膳飯屋《いちぜんめしや》を当たってみたんですが、どこも知らないっていう答えでした」

「そうか」

続いて、松助と貞吉が相次いで帰って来た。ふたりは少し離れた店を調べて来たのだ。

「誰も心当たりはないようです」

ふたりはほぼ同じように答えた。

このときになって、伊十郎はホトケの身許は摑《つか》めないのではないかという微かな不安を覚えた。

「旦那。あの男はもっと遠くからやって来たのかもしれませんぜ。あの界隈の誰かを訪ねて」

辰三が自分の考えを述べた。

「しかし、訪ねられるほうはなぜ、名乗り出ないんだ。あれだけ騒ぎになっているのだ。気づかないってことはない」

「そうですねえ」

辰三は首をひねった。

「考えられることは、名乗り出られないってことだ」

「名乗り出られないっていうと……まさか」

「何かの仲間だ。たとえば盗人一味の隠れ家があの近くにあり、ホトケがそこに向かうところだった」

「なるほど。そういえば、あのホトケの面構《つらがま》えは堅気《かたぎ》の人間とも思えませんでした」

「うむ。そうだとすると、酒を呑んで訪れるとは思えない。だが、しらふであの荷によろけて突き当たることは考えにくい。ということは、訪れた先で酒を呑み、引き上げるところだったとも考えられる」

「わかりやした。あの界隈の住人を調べてみます」

辰三が意気込んだ。

「いや、ひょっとすると武家屋敷かもしれぬ。あの現場から少し行けば武家屋敷が並んでいる。そこから出て来たということも考えられる。よし、俺と松助は辻《つじ》番屋《ばんや》に確かめてみる。辰三たちは町の住人を探ってくれ」

「へい」

伊十郎たちは自身番を飛び出した。

浜町堀にぶつかり、大川のほうに折れる。しばらく行くと、武家地になる。武家屋敷が続く浜町河岸《がし》に辻番屋があった。

こっちを見ている大柄な番人に近寄った。

「ゆうべの五つごろ、ここを三十半ばぐらいの男が通らなかったか。武家屋敷から出て来たのかもしれぬ」

伊十郎は男の特徴を話した。

「いえ。通りませんぜ」

奥から別の番人も出て来て、話に加わった。年配の男だ。

「あの炭屋の荷の下敷きになった男のことじゃねえかえ。俺たちはゆうべの暮六つ（午後六時）からここにいるが、そういう男は通らなかった」

「わかった」

伊十郎は礼を言って、辻番屋から離れた。

「どうやら、違ったようですね」

松助が首をひねった。

「うむ。おかしいな」

伊十郎はだんだん落ち着かなくなってきた。身許がわからないのではないかという不安がまた兆《きざ》した。

念のために、その先にある辻番屋で同じことをきいたが、答えは同じだった。

町に戻ると、辰三と貞吉も悄然《しょうぜん》と歩いて来た。

「どうだった？」

「だめです。隅から隅まできいたわけじゃありませんが、どの家も訪ねて来る客も、帰った客もいないってことです」

辰三は首を横に振った。

「道を間違えて紛れ込んだんじゃ？」

松助が思いつきを口にした。

「いくら道を間違ったたって、とんでもなく外れたりはしねえだろう。いずれにしろ、この界隈に用事があったはずだ」

辰三が異を唱えた。

「まあ、仕方ない。念のために、各町の髪結い床《どこ》を当たるんだ。あとは高札《こうさつ》で掲げるか、瓦版にでも頼むしかあるまい」

伊十郎はそれでも見つからないような予感がしていた。

四

翌日、伊十郎は『小牧屋』に顔を出した。

奥の座敷で、卯平は悄然としていた。

「井原さま。主人はどうなるのでございましょうか」

内儀が怯《おび》えた顔できいた。

「残念ながらひとが死んでいるんだ。酷なようだが、覚悟しておいたほうがよいかもしれぬな」

「そんな」

内儀は嗚咽《おえつ》を漏らした。

「仕方ない。私は覚悟を決めた。取り返しのつかないことをしてしまったんだ。亡くなったお方にはなんとお詫《わ》びをしていいか」

「だって、おまえさん。子どもたちだってまだ小さいんですよ」

十歳と六歳の兄妹がいるという。

「あとのことは叔父《おじ》さんによく頼んでおいた」

「おまえさん」

「ただ、荷が間違って運ばれて来て、どうしようもなく路上に荷を置かなければならなかったという同情すべき点がある。そのことはよく話しておく」

伊十郎は力づけるように言う。

「井原さま、ありがとうございます。でも、ひとを死なせてしまったことはどう言い訳しても許されるものではありません。亡くなった方にも、妻子がいたかもしれません。どんなに嘆き悲しんでいることか」

卯平はやりきれないように言った。

「ところが、まだホトケの身許がわからぬのだ」

伊十郎は困惑して言う。

「さようでございますか。勝手なことを申せば、泣く者のいない独り者であってくれたらと願っています」

「では、私は引き上げる。近々、牢《ろう》送りになるだろうが、それまでにあとのことをちゃんとしておくように」

「はい。ありがとうございます」

「佐川さまが送って行くことになると思う」

高積見廻り与力の佐川平太郎が小伝馬町の牢に送って行くというのも、卯平に注意をするのを忘れたという負い目からだろう。

数日後の朝、伊十郎は髪結いに髪と髭を当たってもらっていた。

「『小牧屋』の旦那は牢に入ったそうですね」

「うむ」

「遠島でしょうか」

「うむ。ひとが死んでいるんだ。どうしようもねえな」

卯平に遠島の沙汰《さた》が下る可能性は高い。

「なんで早く荷を片づけなかったんですかねえ」

「運が悪かったんだ。手違いがあって、荷が多く運ばれて来てしまったそうだ。片づけるにしても場所がなかった」

「ちょっと可哀《かわい》そうな気もします。まだ、子どもも小さいそうですね」

「うむ。十歳と六歳の兄妹らしい」

「そうですか。それにしても、ホトケの身許はいまだにわからないようですね」

「瓦版でも呼びかけたが、誰も何も言って来ない」

「不思議ですねえ。孤独な暮らしをしていたんでしょうか」

「それにしたって、誰かしらと繋《つな》がりを持っているはずなんだが……。考えられることは、ひとつだ」

「なんですね」

髪結いは髪を梳《す》きながらきく。

「身内、あるいは知り合いが、あえて名乗り出ようとしないってことだ」

「なぜですかえ。嫌われ者だったからとか」

「いや。名乗り出るのが憚《はばか》られるのかもしれねえ。まあ、これ以上、勝手に詮索《せんさく》してもしょうがねえ。あくまで事故だからな」

これが殺しなら下手人を挙げるためにも必死でホトケの身許を洗わねばならないが、事故なのである。

ただ、伊十郎は気になっていることがある。ホトケの額の傷だ。上から落ちて来た荷で出来たにしては深すぎるような気がする。が、あえて表立って騒ぐほどの確たるものではなかった。

あとは、ほんとうにホトケは酔っぱらっていたのかということだ。現場に駆けつけたときには、死んでから四半刻以上経っていたが、ホトケから酒の匂いはしなかった。

「へい、旦那。お疲れさまでした」

髪結いが肩にかかった手拭いを外して言った。

「うむ。ごくろう。これからも、ホトケに関係した話に聞き耳を立ててくれ」

「畏まりました。じゃあ、私はこれで」

髪結いは道具を片づけて立ち上がった。

「旦那」

辰三が庭先に立って声をかけた。

「鳥海英才がゆうべ帰って来たそうですぜ。今朝、『鶴屋』の番頭が教えてくれました」

「帰って来たか。よし。あとで、寄ってみよう」

伊十郎はおふじの顔を思いだしながら言った。


午後になって、伊十郎は田原町の鳥海英才の家にやって来た。

辰三が格子戸を開けて奥に呼びかけた。

手伝いの婆さんが出て来た。

「英才が帰っているそうだな」

「はい。二階の仕事場におります。どうぞ」

「勝手に上がってもいいのか」

「はい。いつもそうでございますから。それに、仕事をはじめてしまうと、何があっても部屋から出て来ませんので」

「そうか。旦那」

辰三が目顔で、上がるかときいた。

「行こう」

伊十郎は腰から刀を外して部屋に上がった。

二階の部屋に行くと、ちんまりした顔の男が絵筆を動かしていた。

「英才。少し訊《たず》ねたいことがある」

伊十郎は口を開いた。

「どちらさんで？」

英才は畳に敷いた紙に目を当てたままで、こっちを見ようともしなかった。

「北町の者だ」

「なんでございますか」

別に驚きもせずに、相変わらず紙を見たままだ。

「そなたが描いた『ほたる火』のことできききたい」

「『ほたる火』？」

はじめて、英才が顔を上げた。

小さくて丸い目に鷲鼻《わしばな》。唇は厚く、どこか癖のある顔つきだ。性格も少し変わっていそうだった。

「『ほたる火』は想像で描いたのか、それとも誰かを『ほたる火』に見立てて描いたのか、どうなんだ?」

伊十郎はしゃがんで英才の顔を見つめた。

「見て描きました」

「見ただと?『ほたる火』を見たのか」

伊十郎は半信半疑できいた。

「さようで」

少し怯えたように肩をすくめて、英才は答えた。

「どこで見たのだ?」

伊十郎はむきになってきいた。

「半月ほど前、本石町《ほんこくちょう》で」

「偶然に出会ったのか」

「いえ。あたしはずっと『ほたる火』を待っていたんですよ」

今度は英才は目を輝かせた。

「待っていた?」

「へえ。毎晩、本石町を中心にうろつきながら。あるときは、じっと天水桶《てんすいおけ》の陰でしゃがみ、あるときは塀の下で……」

「毎晩だと？」

伊十郎は呆れた。

「へい。瓦版で、『ほたる火』が女だと知ったとき、こいつは描かなくちゃならないと思ったんです。それから毎晩」

「だが、どこに出没するかわからぬではないか。なぜ、本石町だったのだ？」

「へえ。それで、いままで『ほたる火』が侵入した場所を調べて、本石町はまだだと思ったので」

凄《すさ》まじい執念だと、伊十郎は呆れた。

「この立ち姿に誇張はあるのか」

「いえ。見たまんまです。肩の線から腰の線の色っぽさを目に焼き付けました。その場で、忘れないように地べたに紙を置いて下書きしました」

「おめえと『ほたる火』はどのくらい離れていたのだ？」

「わずかでした。十間《けん》（約十八メートル）ほどかと」

「十間だと？」

「へえ、だから、はっきり見えました」

「顔はどうなんだ？」

「へえ」

英才はにやついた。

「へえ、じゃねえ。顔を見たのか」

「へえ。見ましたとも。地べたに下り立ったとき、『ほたる火』はあたしに気づいて振り返ったんです。そんとき顔を合わせました」

「だが、夜だ」

「たまたま月明かりが『ほたる火』の顔を照らしたんです。その美しかったこと」

「しかし、頰被りをして口も隠れていたはずだ」

「目と鼻の形は焼きついています。忘れるもんじゃありません」

昂奮してきたのか、英才は鼻を鳴らした。

この男、どこまでほんとうのことを言っているのか。しかし、後ろ姿は、伊十郎が見た『ほたる火』のものとまったく同じだ。

やはり、『ほたる火』に出会ったのは間違いない。しかし、顔はどうだ。振り向いたとき、月明かりが顔を照らしたとしても、頰被りをしていたのだ。

「おい、英才」

今度は辰三が声をかけた。

英才は偏屈そうな顔を辰三に向けた。

「顔は誰かの顔を借りて描いたのと違うのか。顔はすげ替えたんじゃねえのか」

辰三は問いつめるようにきいた。

「あたしは見たまましか描きません」

「じゃあ、この襟元が朱なのはどうなんだ？『ほたる火』がこんな着物を着ていたっていうのか」

伊十郎は絵のその部分を指さして言った。

「それは、あたしがちょっと誇張しました。そのほうが『ほたる火』の艶っぽさが出ると思って」

英才は得意気に言った。

「英才。おめえは音曲をやるか」

辰三がきく。

「音曲ですかえ。酔えば、俗曲《ぞっきょく》を口ずさみますが」

「音曲を稽古しに行ったことはあるか」

「いえ。あたしはお座敷で芸者に教えてもらうだけです」

「もし、ふつうの女の恰好《かっこう》をしている『ほたる火』に会ったら、当人だとわかるか」

「さあ、そいつはどうですかねえ。似ているかどうかはわかっても、『ほたる火』だと決めつけることは難しいかもしれません」

英才は絵筆に手を伸ばし、

「そろそろ、筆を動かしたいんですがねえ」

と、皮肉そうな笑みを浮かべた。

「英才。この『ほたる火』の浮世絵は評判だそうだが、あまり人気が高まると奉行所からお叱りを受けることになるぜ」

伊十郎は英才を威《おど》した。

「なぜでございますか」

「盗人を礼賛《らいさん》しているんだからな。それより、『ほたる火』の仲間だと疑われかねぬ」

「そんな」

「まあ、今後、盗人の絵は描かないことだ」

伊十郎は言い捨てて階段を下りて行った。

英才の家を出てから、

「ずいぶん変わった野郎ですね。どうも、我々のような凡人にはついていけませんぜ」

と、辰三は苦笑した。

「まあ、美を追い求める人間はああでなくてはならないのかもしれぬな」

伊十郎は半ば感心し、半ば呆れた。

「旦那。それにしても、英才が『ほたる火』を見たのが事実だとすると、あの絵は実際の『ほたる火』を映し出しているってことになりますぜ」

辰三が昂奮してきたのがわかった。案の定、辰三は言った。

「おふじって音曲の師匠。少し、注目していたほうがいいかもしれませんね」

「あの女が『ほたる火』とは思えねえが」

おふじの家で過ごした夜に、別の場所で『ほたる火』が出たのだ。だから、おふじが『ほたる火』であるはずはない。

だが、そのことを話すと、なんのために夜におふじの家にいたかを説明しなければならなくなる。

へたに誤解を与えかねないので、そのことは口に出来なかった。

「旦那。一度、英才におふじを見てもらったらどうですかえ」

「そうだな」

伊十郎は苦々しい思いで呟《つぶや》いた。

五

翌日の朝、伊十郎は南茅場町《みなみかやばちょう》の湯屋に行った。女湯は留湯《とめゆ》にしてあり、客は誰も入れない。入ることが出来るのは八丁堀の与力と同心だけである。

伊十郎はいつものように女湯に浸《つ》かっていた。内風呂と違い、湯がたっぷりあり、気持ちいい。供をして来た小者の松助は番台の横で待っていた。

男湯のほうは客が入っている。伊十郎はのびのびと湯に浸かりながら、いつものように男たちの世間話に耳を傾ける。戯言《ざれごと》やとりとめのない話が多いが、ときには役立つ噂話も入ってくることがあった。

だから、男湯のほうの話し声には聞き耳を立てている。

「小牧屋さんもとんだ災難だったな。崩れた荷の下敷きになるなんて運の悪い男もいたもんだ」

荷崩れの話題をしていた。

「死んだ人間の身許がまだわからないらしいではないか」

年寄りの声だ。

「それより、とっつあん。こんな噂があるのを知っているかえ」

若い男の声だ。

「なんだ、噂って」

「死んだ男は誰かと争っていたらしいんだ」

伊十郎は湯船の中を少し移動し、男湯との境の板壁に近付いた。

「なに、争っていた？　喧嘩《けんか》か」

「そうらしい。喧嘩をして、死んだ男は殴られてよろけ、荷物に体ごとぶつかった。それで荷が崩れたんじゃないかって」

「誰か見ていたものがいるのか」

「そうじゃねえのか。豆腐売りの棒手振り《ぼてふ》がそんなことを言っていた」

「なに、留蔵《とめぞう》か。留蔵は誰から聞いたんだ」

「さあな」

伊十郎はいまの話が引っかかった。小牧屋卯平に同情したものが、そんなことを言い出した可能性もあるが、聞き流しに出来なかった。

死んだ男は酔っぱらっていたわけではない。それに、わざわざ荷のそばに寄って歩くのもおかしい。ふつうに歩いていれば、たとえ荷崩れがあっても下敷きになるようなことはない。

もちろん、荷を盗もうとしたわけではあるまい。ひとりで担《かつ》いで行くのは無理だ。

伊十郎が気になっていたのはホトケの額の傷だった。落ちて来た荷が当たったにしては傷が深すぎる。何かで殴られた傷のようだった。

男湯で噂していたように、もうひとりいたと考えたほうがいいかもしれない。あそこで喧嘩があったというのは当たっているかもしれない。

そんなことを考えていると、逆上《のぼ》せてきてあわてて湯船から出た。

伊十郎は湯屋から屋敷に帰る道すがらも、そのことを考えていた。もし、喧嘩があったとしたら、小牧屋卯平の罪は軽くなるかもしれない。

「留蔵という豆腐売りの男を知っているか」

伊十郎は松助にきいた。

「知ってますぜ。確か、青物町《あおものちょう》の裏長屋に住んでます」

「あとで、案内してくれ」

「留蔵に何か」

「噂話だ」

「噂？」

松助が小首を傾げた。

屋敷に戻ると、若党の半太郎が玄関の前で待っていて、

「佐川さまがお待ちです」

と、知らせた。

「なに、佐川さまが」

与力の佐川平太郎がわざわざ同心の屋敷を訪れるのはよほどのことだ。何かあったのかと、急いで着替えてから客間に急いだ。

「佐川さま。お待たせして申し訳ございません」

「うむ。朝っぱらからすまぬな」

「とんでもない。お呼びいただければ参上いたしましたのに」

「伊十郎。じつは妙な噂を耳にした」

佐川が口にしたとき、伊十郎ははたと気づいた。

「佐川さま。ひょっとして『小牧屋』の荷崩れは喧嘩が原因だという噂のことでは？」

「そうだ。聞いておったか」

「たったいま、男湯でそんな噂をしているのを耳にしたばかりでございます。あの場所で、ひとが争っていたということでした」

「そうだ。わしの耳にも入った。真《まこと》なら、卯平にとって有利になる。調べてもらえぬか」

平太郎は身を乗り出して言った。

「畏まりました。じつは、あの荷崩れには私自身も疑問を感じていたのです。ひとが争ったために荷崩れが起きたというほうが、あの状況からは納得が行きます」

「そうか。なんとか、真相を摑んでくれ」

そう言い、佐川平太郎は引き上げて行った。

その日の昼前。伊十郎は松助の案内で、青物町の裏長屋に住む棒手振りの留蔵のところに向かった。

朝早い留蔵は一仕事済ませたあと、長屋に帰ってひと寝入りしているはずだ。

だから、昼近くまで待ったのだ。

先に松助が長屋の路地を入って行った。そして、左右をきょろきょろ見ながら、留蔵という千社札《せんじゃふだ》が貼ってある腰高障子の前で立ち止まった。

松助は戸を叩《たた》き、そして呼びかけながら戸を開けた。

「誰でえ」

眠そうな声がした。

「八丁堀のものだ」

「えっ」

薄暗い部屋で、男が飛び起きた。

留蔵が寝ぼけ眼で這《は》うように出て来た。

「起こしてしまったようだな」

伊十郎が声をかけた。

「いえ、起きようと思っていたところでした」

目をこすりながら、留蔵は畏まった。二十二、三の若者だ。

「留蔵」

「へい」

「顔を洗え。目が覚めるぞ」

「いえ、だいじょうぶです。いってえ、なんでございましょうか」

両頬を自分で叩いてから、留蔵は顔を伊十郎に向けた。

「『小牧屋』の荷崩れのことで何か噂していたそうだな」

「えっ。何かいけねえことでも」

留蔵は顔を強張《こわば》らせた。

「いや、そうではないから安心しろ。なんでも、喧嘩があったということだ」

「へい、そうです」

「どうして、そんな話をしたのだ？　おまえは見ていたのか」

「違います。あっしも聞いたんです」

「誰からだ？」

「えっと、確か……」

留蔵は小首を傾げた。

「そうです。髪結い床ですよ」

「髪結い床だと。どこの店だ？」

「本材木町《ほんざいもくちょう》一丁目の『恵比寿床《えびすどこ》』です」

青物町の隣だ。

「いつだ、行ったのは？」

「一昨日の昼下がりです」

「わかった。すまなかったな、起こして」

長屋を出ると、本材木町一丁目に向かった。

『恵比寿床』はすぐにわかった。障子に恵比寿様が鬟を当たってもらっている絵が描かれている。

店に入ると、ふたりの髪結いがそれぞれ客の髪を当たっていて、畳敷きの間に三、四人の客が待っていた。

伊十郎の姿を見て、髪結い床の亭主が手を休め、

「井原の旦那。何か」

と、きいた。

「棒手振りの留蔵が一昨日ここに来たか」

「へえ、久し振りに来ました。客で立て込んでいるときでした」

「そのとき、『小牧屋』の荷崩れの話題が出たそうだな」

「へえ。そうです。客の男が、あの荷崩れは喧嘩のせいらしいという話をしてい

ました」

「誰がそんなことを言い出したんだ？」

「見かけない男でした」

「見かけない男？」

「へえ、四十前でしょうか。顎《あご》の尖《とが》った鋭い顔をしていました。町人のなりをしていましたが、頑丈そうな体をしてました。待っている間にそんな話をしていました。誰かから、聞いたそうです」

「誰から聞いたとは言わなかったのか」

「へえ。混んでいたんで、途中で帰って行ってしまったんですよ」

「帰った？　そのときいた客は誰だった？」

客の名前を聞いて、髪結い床を出た。

「あとで、その場にいた客に当たって、噂を持ち出した男のことを聞き出すんだ。客のほうが、その男と間近で接しているはずだ」

伊十郎は辰三に命じた。

「ひょっとして、その男が喧嘩の相手？」

辰三がきく。

「そうかもしれねえ。八丁堀に近い髪結い床で噂をばらまけば、いつしか俺たちの耳に入る。それを狙ったのかもしれねえ。もしかしたら、その男、他の髪結い床でも同じ話をしているのかもしれない」

「じゃあ、さっそくそれも調べてみます」

「待て。その前に確かめたいことがある」

伊十郎は辰三を引き止めた。


それから、富沢町の『小牧屋』に行った。

まだ、商売の再開は出来ないでいる。大戸は閉まっていたが、脇の潜《くぐ》り戸は開いていた。伊十郎はくぐって土間に入った。

帳場にいた番頭が立ち上がった。

「これは井原さま」

「もうしばらくの辛抱だ。じき、商売が出来るようになる」

「はい」

番頭が沈んだ顔で頷く。

「じつは頼みがある」

「なんでございましょうか」

「土蔵には荷がまだあるか」

「はい。庭までいっぱいに。明日、他の問屋さんが引き取ってくれることになっております」

「そうか。すまないが、その荷をまた路上に積み上げて欲しいのだ」

「えっ、なんですって」

「あのときの状況を再現したいのだ」

「さいですか。わかりました。では、奉公人を集めてみます」

それから、『小牧屋』の奉公人や近所の男たちの手を借り、薪や炭の荷を事故のあったときと同じように積み上げ、縄で縛った。

「これでよろしゅうございましょうか」

番頭が伊十郎に確かめた。

「上等だ。よし、松助。ぶつかってみろ」

「へい」

松助は荷の前に背中を向けて立ち、そのまま後ろに倒れかかり、背中を積み上げた荷にぶつけた。

　しかし、荷はびくともしなかった。

「旦那」

　辰三が不思議そうな顔を向けた。

「松助。もう一度だ」

　伊十郎はやり直させた。

　松助は少し離れたところから弾みをつけて体当たりした。積荷が少し揺れたが、崩れる気配はなかった。

「崩れませんぜ」

　辰三が意外そうな声を上げた。

「うむ」

　伊十郎は積荷に近付いた。

　おもむろに結《ゆ》わいてある縄に手をかけた。そして、思い切り引っ張った。荷がぐらっとした。

「やはり、そうだ」

「旦那。縄を引っ張ったってことですね」

「そうだ。もちろん、盗むためではない」

伊十郎は番頭を呼んで、

「この縄の縛り方はあんときと同じだな」

と、確かめた。

「はい。いつもこのように荷を縛っています」

「よし、わかった。すまねえな。片づけてくれ」

「はい」

番頭は奉公人に指図して荷を片づけはじめた。

「やはり、喧嘩があったと考えたほうが説明がつく。ホトケは相手から何かで額を殴られ、倒れかかった拍子に縄を摑んだ。だが、そのままくずおれた。体の重みで縄が引っ張られ、荷が崩れたのだ」

伊十郎は舌打ちしたい思いだった。

あのとき、もっと深く考えていたら、はやく喧嘩があったと結論を出していた。おそらく、喧嘩の相手は無関係な『小牧屋』の主人を巻き込んだという良心の呵《か》責《しゃく》に耐えかねて、噂という迂《う》遠《えん》な方法ながら我らに真相を知らせようとしたのではないか。

「じゃあ、あっしは『恵比寿床』の客を当たってみます」

「うむ。頼んだ」

荷崩れが喧嘩によるものだったとしても、荷の下敷きになってひとがひとり死んだのは間違いない。このことが、『小牧屋』の卯平に有利に働くかどうかわからない。

だが……。卯平が助かる可能性はひとつだけある。ホトケの死因だ。喧嘩で殴られた傷が因《もと》で死んだのではないか。荷が倒れた男の上に降って来たとき、すでに男は死んでいた。伊十郎はこの線で押し通そうと思った。

第二章　隠し子

一

翌日、伊十郎と辰三は油堀川《あぶらぼり》沿いを閻魔堂《えんまどう》橋に向かった。富岡《とみおか》橋が正式な名だが、『深川《ふかがわ》の閻魔さま』として信仰を集めている閻魔堂の近くということからそう呼ばれるようになった。

閻魔堂橋を渡り、閻魔堂がある法乗院《ほうじょういん》の前を過ぎて角を曲がると、閻魔の円蔵《えんぞう》がやっている古物商の『最古堂《さいこどう》』が現れた。

閻魔の円蔵とは背中に閻魔の彫物をしているところからそう呼ばれているが、住まいも法乗院の裏手にある。

『最古堂』の店先に鎧《よろい》や仏像が並んでいるが、円蔵は盗品買いの親玉である。伊十郎は店番の番頭に声をかけた。

「円蔵はいるか」

「これは井原さま。いま、きいて参ります」

愛想《あいそ》笑いを浮かべ、番頭は奥に引っ込んだ。

すぐ戻って来て、「どうぞ、こちらに」と番頭は言った。伊十郎は刀を腰から外して部屋に上がった。

いつもの帳場の奥にある商談に使われる小部屋に通されて待っていると、閻魔の円蔵がやって来た。

体は大きいが色白で、口許《くちもと》にあるかないかの笑みを湛《たた》えている。穏やかな顔だちで、この男の背中に閻魔の彫物があるのかと信じられない雰囲気である。だが、ときおり見せる眼光の鋭さに、ただ者ではない凄味《すごみ》があった。

「井原さま。きょうはいったいどのような御用でございましょうか」

円蔵はにこやかに言う。

「ちょっと、この似顔絵を見てくれ」

伊十郎はホトケの似顔絵を見せた。

「知らないか」

「はい。存じあげませんな。どなたでございますか」

円蔵は絵を返して寄越《よこ》した。

「積荷の下敷きになって死んだ男だ。身許《みもと》がわからぬ。ひょっとして、裏世間の人間かもしれないと思ってな」

「私はそんな裏世間に通じているわけではありません」

「いや、ここにはいろいろな人間が盗品を持ち込むのではないか」

「ご冗談を。私どもはまっとうな商売をさせていただいております」

円蔵には口の固い裕福な客がついており、盗品を秘密裏《り》に売りさばいている。だから、盗人《ぬすっと》はここに品物を持ち込めば金になるのだ。

盗品買いとわかっていながら、奉行所が手を出せないのは証拠がないからだが、円蔵の存在が探索の上で何かと重宝であったから、あえて手をつけないという面もあった。

「最近、盗人仲間で、姿を見かけなくなった男がいるという噂《うわさ》を聞かないか」

「いえ。聞きません。よくわかりませんが、私の勘では、その絵の男は盗人ではないと思います。若い駆け出しならともかく、そのくらいの年代の男の盗人なら、そこそこ仲間内では名が知られているはず。そんな男が死んだら噂ぐらいは耳に入ってきます」

「まあ、念のために、吾助《ごすけ》さんにも訊《たず》ねてみてはいかがですか」

「なるほど」

「まやかしの吾助か」

まやかしの吾助は他人を騙《だま》して金や物を奪うといういかさま師だ。役者上がりで、変装がうまく、声色《こわいろ》も得意なので、誰も素顔を知らない。

ある事件のことで何度か会ったことがあるが、吾助の振る舞いで気になることがあった。『ほたる火』のことだ。

瓦版《かわらばん》に書かれるより以前に、吾助から『ほたる火』は女ではないかときかれたことがある。

吾助は『ほたる火』の素性について何か心当たりがあるのではないか。そんな気がしている。

「吾助に連絡がつくか」

「へい、つきます。じつは、吾助さんも井原の旦那《だんな》に話があるような口振りでした」

「そうか。よし、会うのは早いほうがいい。明日の朝四つ（午前十時）に思案橋《しあんばし》の袂《たもと》に来るように伝えてくれ」

思案橋は日本橋川から分かれた東堀留川《ひがしほりどめ》のとば口にかかる橋だ。

「思案橋の袂でございますね。畏《かしこ》まりました」

円蔵は最後まで柔和《にゅうわ》な表情を崩さなかった。不気味な野郎だと、伊十郎は気づかれないように顔をしかめた。

『最古堂』を出て、今度は逆に閻魔堂橋を渡りながら、

「円蔵の言うように、盗人ではないかもしれませんねえ」

と、辰三は言った。

「ここまでしても身許がわからないこと自体、うさん臭い連中の仲間だったという可能性がますます強くなった。少し、角度を変えてみなければならぬな」

「角度を変えると言いますと？」

「いや、まだ思いつかねえ。だが、吉原や岡場所《おかばしょ》を調べるのも手だな。男なら、遊びに行っているはずだ」

だが、それを調べるのも手間がかかるし、仮に客で来ていたとしても身許がわかるとは思えなかった。

永代橋《えいたいばし》を渡って、日本橋小網町《こあみちょう》二丁目の鎧河岸《よろいがし》に差しかかった。

辰三がそわそわしだした。思案橋の近くに『おせん』という料理屋の提灯《ちょうちん》が見

えた。

「辰三。久し振りに寄って行くか」

伊十郎は辰三の思いを察して言う。

「へい」

いい返事だ。伊十郎は苦笑した。

『おせん』の暖簾《のれん》をくぐると、女将《おかみ》のおせんが「いらっしゃい」と笑顔で迎えた。

「旦那、お見限りでしたねえ」

おせんがすねたように言う。

「その代わり、辰三はしょっちゅう顔を出しているんだろう」

辰三はあわてて、

「そんなでもありませんぜ」

と、打ち消した。

おせんは二十五、六のうりざね顔の女だ。潤んだ目が頼りなげな風情《ふぜい》で、華奢《きやしや》な体つきは一見病的な感じを与えるが、それが男に支えてやりたいという気を起こさせる。

辰三もそんな男のひとりだ。

小上《こあ》がりの座敷に座り、酒を呑《の》みはじめた。

「旦那。『ほたる火』のことですが、あっしはどうも音曲《おんぎょく》の師匠のおふじが気になるんですよ」

ほどよく、酒がまわって来たころ、辰三が口にした。

「いや、あの女は『ほたる火』じゃやねえ」

「ええ、旦那はそう仰《おっしゃ》いますが、じつは昨日、人形町《にんぎょうちょう》の髪結《かみゆ》い床《どこ》に聞き込みで行ったとき、そこでは喧嘩《けんか》の噂を流した主《ぬし》は現れていなかったんですが」

辰三は空になった猪口《ちょこ》を置き、身を乗り出した。

「そこで、『ほたる火』の浮世絵はおふじに似ているっていう噂になっていたんですよ」

「…………」

伊十郎は顔をしかめた。

「旦那。いつぞや、『ほたる火』が駿河町《するがちょう》で夜働きをした夜、おふじが夜更《ふ》けの町をひとりで歩いていたのを『は』組の鳶《とび》の者が見ていたってことがありました。それから、この前もそうだったじゃありませんか。大伝馬町の『岩城屋』に『ほたる火』が入ったときのことです。高砂町のおふじの家の近くで黒い影を見ました。こうなると、なにか疑わしくありませんかえ」

いつぞや、『ほたる火』が出た夜、俺はおふじといっしょにいたのだとは言えないことがつらかった。

「旦那。念のために、おふじと英才を引き合わせてみたらいかがですかえ」

「顔が似ていたのは単なる偶然だ」

そう言ったが、あの浮世絵の姿は伊十郎が見た『ほたる火』とそっくりだ。英才が『ほたる火』を見たのは間違いない。顔を見たとすると……。

しかし、『ほたる火』がおふじであるはずはない。だが、そこに何かのからくりがあったとしたら。

「辰三。その前に、英才がほんとうにおふじに会っていないか調べるんだ。ほんとうに英才はおふじを見たことがなかったのか。もしかしたら、英才はおふじの名を知らずに、どこかで会っているかもしれぬ」

「わかりました。調べてみます」

伊十郎の心にまたしても微《かす》かな疑惑が頭をもたげて来た。

辰三と別れ、伊十郎が屋敷に帰ると、半太郎が玄関に出て来て、

「佐川さまのお使いで、帰ったらお屋敷に来られるようにとのことでございました」

と、告げた。

「困ったな」

覚えず、伊十郎は口にした。酒を呑んで来ているのだ。

しかし、行かないわけにはいかない。顔の火照《ほて》りもさほどでもない。

水を飲んでから、伊十郎は高積見廻り与力の佐川平太郎の屋敷を訪れた。

すぐに客間に通された。

待つほどのこともなく、平太郎が少し赤い顔をしてやって来た。平太郎も酒が入っていたことを知って、気が楽になった。

「伊十郎か。何かわかったか」

平太郎は待ちかねたようにきいた。

「どうも妙でございます。噂の主と思える男の行方《ゆくえ》も杳《よう》としてわかりません」

ホトケの身許も、噂を流した男、つまり喧嘩相手と目《もく》される男の手掛かりもまったくなかった。

「ホトケの身許もわからぬままだな。ふたりとも、江戸の人間ではないかもしれぬな」

「その可能性は高いと思われます。しかし」

ホトケの特徴を記した立て札にも反応はなかった。こうなると、ホトケは江戸の人間ではないということも考えられた。

「しかし、なんだ？」

「はい。仮に江戸の人間ではなかったとしても、江戸に知り合いがまったくなかったということも考えづらく、何らかの事情で名乗り出られないと考えたほうがいいのかもしれません」

「うむ。して、事情とはなんであろうな」

平太郎は腕組みをした。

「わかりません。ただ、そうだとすると、喧嘩という見方も変えなければなりません。単なる喧嘩ではなく、あそこで何らかの争いごとがあったのではないかと」

「根拠はあるのか」

「はい。先日、荷物を積み上げて再現してみました。縄を摑《つか》んで引っ張らない限り、荷は崩れません。したがって、倒れた相手は思わず縄を摑んだままくずおれた。それで、荷が崩れたと思いました。でも、あとで、少し疑問が……」

「なんだ？」

「はい。ホトケの眉間《みけん》の傷です。かなり、深手だったと思います。あの一撃を受けて積荷に倒れて縄を引っ張るだけの力が残っていたかどうか」

「どういうことだ？」

平太郎の目が鈍く光った。

「私の想像ですが、ホトケは眉間の一撃でほとんど意識を失って積荷の下に倒れた。そのあとで、ホトケを襲った相手が縄を引っ張り、荷を崩したのではないか」

「殺しだというのか」

「はい。下手人は荷崩れによる事故死を偽装しましたが、そのために『小牧屋』の主人が罪を被《かぶ》ることになった。あわてて、喧嘩があったという噂を流した。八丁堀に近い髪結い床で広めたのも、いち早く我らに知らせたいためでしょう」

「うむ」

平太郎は唸《うな》った。

「ホトケと下手人の間には何らかの秘密が存在するということになります。たとえば、盗賊同士のいざこざか仲間割れ」

伊十郎はそう言ってからすぐに否定した。

「ところが、盗人であれば、仲間内ではそのことがわかるはずなのですが、そのほうを調べても何も出て来ないのです」

「盗賊の仲間ではないということだな」

「はい」

「いずれにしろ、天涯孤独な男ではなく、周囲の者があえて訴えて出ないということか」

「その可能性が高いと思います」

「困ったな。第三者の仕業《しわざ》で荷崩れが起きたことを明らかにしない限り、卯平の罪を軽くすることは出来ぬ」

平太郎は苦い顔で口許を歪《ゆが》めた。

「ホトケの顔の似顔絵をもって、盛り場や髪結い床、湯屋などを当たっていますが、手応《てごた》えはありません」

「だが、なんとしてでも、真相をつきとめてもらいたい。卯平の妻子のためにも」

平太郎は厳しい顔で言った。

翌朝、湯屋に行き、いつものように女湯に入って男湯から聞こえてくる声に耳を傾けたが、たいした話はなかった。

湯屋から戻ると、半太郎がそわそわして待っていた。

「お待ちです」

その顔つきから誰が待っているのかわかった。姿は見えなくても、屋敷全体が輝いているように思えた。

居間に駆け込むと、百合が浮世絵を手にして熱心に見入っていた。

「百合どの。お待たせして申し訳ございません」

いきなり来るのがいけないのだと心の内では思っていたが、伊十郎は無意識のうちに謝った。

だが、百合はその声を聞いていなかったように、

「これはどうしたのですか」

と、浮世絵を差し出した。

「これは、鳥海英才という浮世絵師が描いた『ほたる火』という盗賊です」

しばらく間があってから、

「そうですか」

と、興味を失ったように絵を寄越した。

「伊十郎どの」

「はっ」

「父上からの言伝《ことづ》てです。明日の夜、いかがかと」

「わかりました。だいじょうぶです」

伊十郎は自分でも声が上擦《うわず》ったのがわかった。

「では、よろしく」

百合は立ち上がった。

「帰ります」

「そんな。もう少し、お話を」

「いやでも、毎日顔を合わせるようになるではありませんか」

「でも」

「女々しいですよ」

百合はぴしゃりと言った。

さっさと引き上げて行く百合を呆然《ぼうぜん》と見送った。だが、百合の言うように、いずれ百合はこの屋敷で暮らすようになるのだ。それまでの辛抱だ。

そう思って、肩すかしを食った苦い思いを忘れようとした。

二

その日の朝四つ、伊十郎はひとりで思案橋の袂にやって来た。

まだ、吾助は来ていないようだ。だが、吾助のことだ。すでに来て、どこかでこっちを見ているのかもしれない。

鎧河岸のほうから年寄りが杖《つえ》を突きながら歩いて来る。顔の皺《しわ》を見ても、年寄りだ。だが、伊十郎は吾助だと思った。

橋を渡り、年寄りは伊十郎のそばに近寄って来た。吾助は絶対に素顔を晒《さら》さない。

「吾助か」

伊十郎は声をかけた。

「はい」

「さっそくだが、これを見てくれ」

伊十郎はホトケの似顔絵を見せた。

吾助は手にして、まじまじと見つめる。だが、反応はなかった。

「知らないか」

「はい。お役に立てずに」

「いや。そなたも知らないというだけでも参考になった。つまり、そなたたちの世界の人間ではないということだ」

「恐れ入ります」

「ところで、そなたも俺に用があるということだが？　ひょっとして、『ほたる火』のことか」

「さようで」

吾助は素直に頷《うなず》き、

「浮世絵の『ほたる火』はほんものに似ているのでしょうか」

と、鋭い顔つきできいた。

「絵師の鳥海英才は毎夜、町に出かけ、『ほたる火』が現れるのを待っていたそうだ。英才が『ほたる火』を見たのは間違いない。ただ、顔はわからない。『ほたる火』は頰被《ほおかぶ》りをして鼻と口を隠しているはずだ。あそこまで、顔が見えたのかどうかは疑問だ」

「英才はなんと？」

「顔を見たと申している」

「英才の言を信じるならば、『ほたる火』そのものということになりますね」

「そうだ」

伊十郎はかねてからの疑問を口にした。

「吾助。そなたは、『ほたる火』に心当たりがあるのではないか。最初から、女ではないかと思っていたようだ」

吾助は川の辺《ほとり》に近づいた。伊十郎に背中を見せたまま、口を開いた。

「若い頃、錠前破りの名人と知り合いました。そのとっつあんには美しい娘がおりました。身は軽く、錠前破りも習得しておりました。二十年以上も昔のことでございます」

「名はなんと言うのだ？」

「およしと申しました」

「およしか。そなたは『ほたる火』はそのおよしの娘だと思っているのだな」

「『ほたる火』とおよしが重なるんです」

「およしに娘がいたのか」

「おりました」

吾助はつらそうな表情をした。

「そうか。吾助。おめえがその娘の父親か」

吾助から返事はなかった。だが、返事がないことは認めたも同然だった。

「おめえが『ほたる火』に関心を持っている理由がよくわかった」

「おはずかしゅうございます。ちょっとした誤解から、およしと別れ別れになっちまいました。さんざん探し回り、似た女がいたと聞けば三島《みしま》にも行きました。でも、とうとう見つかりませんでした」

「そうだったのか。しかし、娘は堅気《かたぎ》で、どこぞに嫁に行って仕合《しあ》わせに暮らしているかもしれぬ」

「へえ、ありがとうございます。でも、娘の名前さえ知らないんですから、いまさら父親だと名乗れるわけはないんですが……。詰まらねえ話を聞かせてしまいました。申し訳ございません。では、私はこれで」

吾助は再び老人のように杖を突きながら去って行った。

伊十郎はふとおふじのことを思い出した。おふじは旅芸人の子だと言っていたが……。気になり、高砂町に向かった。おふじが『ほたる火』ではないかという疑いがまたも頭をもたげてきた。

いつぞやの夜、おふじの家を引き上げ、葭町《よしちょう》から親父《おやじ》橋を渡り、照降《てりふり》横丁を過ぎて日本橋川にかかる江戸橋に差しかかったとき、『ほたる火』らしき黒装束の賊を見たのだ。

翌日になって、本材木町二丁目の足袋《たび》問屋『岡田屋《おかだや》』に『ほたる火』が忍び込んだことがわかった。

だから、『ほたる火』はおふじではないと確かめられたのだ。しかし、いまになって思うと、江戸橋で見かけた賊がほんとうに『ほたる火』だったのか。『岡田屋』に忍び込んだ賊はほんとうに『ほたる火』だったのか。そう言い切れるのか。伊十郎は自信がなくなってきた。

高砂町のおふじの家の前にやって来た。

格子戸を開けて奥に声をかけた。出て来たのはおふじだった。

「まあ、旦那。いらっしゃい。さあ、どうぞ」

「上がらせてもらう」

大刀を腰から外し、伊十郎は居間に行った。

「お光は？」

「そこまで買い物に」

「そうか」

伊十郎はあぐらをかいた。この部屋は落ち着く。いや、おふじといっしょだとくつろげるのだ。そういえば、百合といっしょにいるときに、安らかな気持ちでいたことはあったろうかと思い出してみる。

いつも緊張しているばかりだ。いよいよ明日、百合の父親と会うことになった。これで結納《ゆいのう》の話になり、いっきに婚礼まで進むかもしれない。

「旦那。なんですね、にやにやして。何かいいこと、ありまして」

おふじに言われて、はっと我に返った。

「いや、なんでもない。おふじ」

なんとかごまかそうと、思いついたことを口にした。

「おめえの母親は旅芸人で、三味線《しゃみせん》を弾いていたそうだな。ところが、七歳のときに放浪の旅をさせるのは可哀そうだっていうんで神明町《しんめいちょう》の芸者屋に預けられたと聞いたが」

「そうです」

「おめえの母親はなんという名前だ?」

「おっかさんですか。おときですよ」

「おときか」

「でも、旅芸人のおっかさんは育ての親。あたしを産んだ実のおっかさんのことは知らないんです」

「なに、じつの母親？」

「ええ。私は三歳の頃、育てのおっかさんに拾われたそうです」

「そうか。およしという名前に心当たりはないか」

「およしですか。さあ」

実の母親のことは何も知らないのだ。仮に、およしの娘であっても何も覚えてはいないだろう。

「実の母親のことで何かわかっていることはないのか」

「ええ。ありませんよ。ただ、私は三島で旅芸人のおっかさんに拾われたそうですけど」

「三島だと」

偶然か。まやかしの吾助はおよしに似た女がいると聞いて三島まで探しに行ったという。しかし、見つからなかった。

おふじの母親は何らかの事情で旅芸人のおときに娘を預けたのだ。その後、母親はどこへ行ったのか。なんとなく、おふじの母親とおよしが重なるような気もするが……。

「旦那。いったい、なんですか。およしって誰なんですね」

「いや。なんでもねえ。それより、絵師の鳥海英才のことだが、どこかでおめえに会っているような気がしてならないのだ。心当たりはないか」

「そうですねえ。ひょっとしたら、先月の半ばごろお弟子さんの海産物問屋の『渡海屋《とかいや》』さんに頼まれて、葭町の『鏡家《かがみや》』という料理屋で行なわれた酒宴の席で音曲を披露したことがございます。そのとき、大勢さんいらっしゃっていましたから、その中に紛れていたかもわかりません」

「海産物問屋の『渡海屋』は確か行徳《ぎょうとく》河岸にある店だったな」

「はい。そうです」

「よし、『鏡家』できいてみよう」

「浮世絵のことですね。そんなに、私に似てますか」

「似ている」

「いい迷惑ですよ」

おふじは美しい眉《まゆ》をひそめた。

「そうだ。このままでは、おふじが『ほたる火』にされちまう」

「困るわ。そんなことになったら、お弟子さんも寄りつかなくなってしまうもの」

「いや。逆だ。増える」

「いやですよ、旦那。そんなんでお弟子さんが増えたってうれしくありませんよ」

伊十郎はいつしかおふじのことを注意深く見つめていた。もし、おふじが『ほたる火』だったら、あの夜現れた賊はなんだったのか。

格子戸が開く音がした。

「ただいま帰りました」

お光が居間に顔を出し、

「井原さま。いらっしゃいまし」

と、挨拶《あいさつ》した。

ふと、思いついたことがあって、伊十郎はお光にきいた。

「お光の部屋はどこなんだね」

「二階です」

「二階なのか」

すると、物干しから部屋に入ることは不自然だ。やはり、物干しに消えた黒い影は思い違いだったのかもしれないと思った。仮に、そうではなかったとしても、おふじではない。二階から入れば、お光に気づかれる可能性が高いのだ。

それから、昼食を食べて行けというのを断って、伊十郎はおふじの家を出た。


その日の夕方、いったん奉行所に戻り、それから八丁堀の屋敷に帰った。

またしても若党の半太郎が困惑顔で待っていた。

「お客さまでございます」

「誰だ？」

「それが……」

半太郎の歯切れが悪い。それどころか、半太郎の目に蔑《さげす》むような冷たいものを感じた。わけを問うより、客に会えばわかる。

伊十郎は客間に急いだ。

襖《ふすま》を開けたとたん、伊十郎は戸惑《とまど》いを覚えた。四、五カ月くらいの赤子を抱いた若い女がいた。はて、誰であろうかと、伊十郎は首を傾《かし》げながら女の前に座った。

「伊十郎さま。お久し振りでございます」

女が美しい目を向けた。

「失礼だが、そなたは？」

「おしのでございます」

「おしの？」

伊十郎は首を傾げた。過去に携《たずさ》わった事件に関わりのある者かもしれないと記憶を手繰《たぐ》ったが、どうも思いだせない。

「どこで、お会いしたかな」

「えっ。まさか」

おしのが口をわななかせた。

「まさか、私のことをお忘れだと」

「妙なことを。忘れるも何も私はそなたに会うのは……」

「そんな」

おしのが大声を上げたとたん、赤子が泣きだした。

よしよしと、おしのは赤子をあやしはじめた。

伊十郎は立ち上がり、逃げるように部屋を出た。そこに、半太郎が立っていた。

「いったい、どういうことだ？」

伊十郎は半太郎を居間に呼んで問い詰めた。

「それはこちらの台詞《せりふ》でございます」

珍しく、半太郎が厳しい顔で迫った。

「七つ（午後四時）ごろ、弥助《やすけ》という男がやって来て、井原さまに縁の方をお連れしましたと言うではありませぬか。それがあの母子。聞けば、父親は伊十郎さまだと」

「おいおい、何をばかなことを」

伊十郎は笑った。

だが、半太郎は真顔だった。

「誰かに担《かつ》がれているのだ。俺の知らない女だ。まともに相手になるな」

「なんと冷たいお言葉」

半太郎は眦《まなじり》をつり上げた。

「旦那さま。あなたさまは、一昨年の暮れ、ずいぶん遊び耽《ふけ》っていた時期がございました。そう、佐平次《さへいじ》が活躍していたころです。すべて佐平次が事件を解決し、あなたさまの出番はなく、それをいいことに、あちこちの女子《おなご》と浮名を……」

「よせ。何を言うか。そんな昔のこと」

伊十郎はあわてて言う。

「いえ、言わせてください。あなたさまが遊ぶ相手は後家や妾《めかけ》が多かった。そういう者たちとは遊びのつきあいだったかもしれません。でも、おしのとは飛鳥山《あすかやま》で知り合った仲だというではありませんか。それを強引に出合《であい》茶屋に誘い込むなんて。いくら、酔っていたとはいえ、忘れたとは言わせませせぬ」

「ちょっと待て」

伊十郎はあわてた。

「確かに、俺はいろんな女と遊んだ。みな、ちゃんと覚えている。だが、おしのなんて女は知らない。ましてや、子どもなんて」

「ともかく、しばらくあのふたりはここで過ごしてもらいます」

「ここで過ごす？　泊めるというのか」

「さようでございます。母子は行くところがないそうです。今後のことは、おいおい考えることにいたします」

そうまくしたてると、半太郎は客間に向かった。

伊十郎は台所に行って、冷たい水で顔を洗った。頭を冷やさないと、冷静な判断が出来ない。

飛鳥山と言っていた。確かに、一昨年の十二月ごろ飛鳥山に行った。ある事件に関わりのある人間の実家まで行ったのだ。

その帰り、王子稲荷《いなり》に参詣《さんけい》した。境内《けいだい》に若い女もいた。誰かと言葉をかわしたような記憶があるが、誘った覚えはない。

おしのは何か勘違いしているのであろう。あるいは誰かと間違えているのか。いや、それはない。それだったら、顔を合わせた時点で気がつくはずだ。落ち着くのだ。ともかく冷静になって考えよう。おしのも落ち着けば違った反応を見せるかもしれない。

夜になって、辰三と貞吉がやって来た。

伊十郎は濡縁《ぬれえん》に出て、庭先に立ったふたりと顔を突き合わせた。

「吉原の面番所《めんばんしょ》に詰めている岡っ引きは見覚えがないのは当然だと思うのですが、小見世《こみせ》の亭主や遣り手《やりて》にきいても、首を横に振ってました。まだ、すべてきき終えたわけじゃありませんが、吉原に現れている可能性はないようですぜ」

辰三が疲れたような顔で言う。

「そうだろうな」

「あっしは河岸見世を当たりましたが、手応《てごた》えはありませんでした」

貞吉が答える。

「そうか。まあ、予想されたことだ」

伊十郎が答えたとき、松助が庭木戸を開けて帰って来た。

「遅くなりました」

「ご苦労」

「やっぱし、いけません。きょうは佃町《つくだちょう》の安女郎《じょろう》のいるところをきいてまわったんですが、誰も知らないという答えばかりでした」

松助が報告した。

「やはり、ホトケは江戸に来たばかりの人間かもしれぬな」

「旦那。これ以上、続けても同じ結果じゃねえですかねえ」

「まあ、そう簡単に諦《あきら》めるな。最後の最後に、手掛かりが見つかるってこともある」

「へえ、そうですねえ」

辰三が答えたとき、赤子の泣き声が聞こえた。

「おや、ずいぶん近くで聞こえませんかえ」

辰三が不思議そうにきいた。

伊十郎は渋い顔をした。

「あれ、旦那。奥からじゃありませんか」

松助が目を見開いた。

「奥だと？」

辰三が聞き耳を立てた。

「違いねえ。奥からだ」

辰三が頷きながら、

「旦那。誰か来ているんですかえ」

と、興味を示してきいた。

「うむ。客だ」

伊十郎は憤然として答えた。

「どなたで？」

「知らん」

伊十郎は不機嫌そうに答えた。

辰三たちが驚いたように顔を見合わせた。

三

翌日の朝、伊十郎は寝覚めが悪かった。

夜中に何度も子どもが泣き出した。落ち着いて眠れなかった。そのたびに、おしのが抱っこをしてあやしたり、乳をやっていたりしていたようだ。

一晩過ごせば、おしのも落ち着き、自分を取り戻すだろう。そう思って、伊十郎はようやく寝入った。

いつもは自分で目覚めるのだが、今朝は半太郎に起こされた。

「ゆうべは参った」

伊十郎はぼやいた。

「そのようなことを言うものではありません。さあ、朝餉《あさげ》の支度が出来ております。きょうは、のんびり朝湯を浸《つ》かりに行く余裕はありませぬ」

いつになく、厳しい言い方だ。

伊十郎が起きて部屋を出ると、おしのが近寄って来た。

「おはようございます」

憂《うれ》いがちの目で、おしのは見つめた。

「ゆっくり休めたか」

「はい。久し振りに、安心してねることが出来ました」

「そうか。では、あとで話し合おう」

「はい」

伊十郎は朝餉のあと、居間におしのを呼んだ。

「さぞ、深い事情もあろうが、ここにいるといろいろ誤解を招く。どこか、落ち着き先はないのか」

伊十郎は静かに口を開いた。

「えっ、ここに置いてくださらないのですか」

おしのが悲鳴のような声を上げた。

「だから、ここにいたら、誤解される」

「誤解と仰いますと」

「そなたと私の仲だ」

「いま、なんと?」

「うむ?」

おしのの顔が険しくなったので、伊十郎は驚いた。

「あのお言葉は嘘《うそ》だったのでございますか」

「嘘？　なにがだ？」

「あんまりです。困ったことがあれば、訪ねて来いと仰ったことです。私が嫌いなら、それでも構いません。でも、太郎《たろう》だけは見捨てないでやってください」

「なに、太郎だと」

「はい。伊十郎さまとははじめてお会いした日に結ばれ、私は身籠《みご》もりました。数カ月後、二度目にお会いしたとき、私はそのことをお知らせしました。伊十郎さまはたいそう喜んでくださり、男の子であれば、そう名付けよと。伊十郎さまはご自分の幼名を授けてくださったではありませんか」

「ばかな」

伊十郎は唖然《あぜん》とした。

確かに、伊十郎は幼名を太郎と言った。おしのがどうしてそのことを知っているのか。

「私は伊十郎さまの妻にしていただこうなどと思っていません。日陰の身でも構いません。でも、太郎だけにはやさしいお言葉を」

「ばかな。いったい、おまえは何者なのだ。誰に頼まれてこのようなことを」

伊十郎は憤慨して立ち上がった。

「旦那さま」

半太郎が飛んで来た。

「あんまりではございませんか」

「なに？」

「子どもには罪はありませぬ」

「ちょっと待て。おまえまでこの女の言い分を信じるのか」

「なんと。旦那さまはあくまでもしらをお切りになるおつもりですか」

半太郎は眦をつり上げた。

「つもりもなにもない」

「私はおしのさんからいろいろ伺いました。おしのさんは旦那さまのお父上やお母上の名前までご存じでした。旦那さまがどんな子ども時代を過ごしたのか、よくご存じでございました。旦那さまがお話しになったからでございます」

伊十郎は啞然《あぜん》とした。半太郎はすっかり騙されている。おしのは美しく控えめな印象だ。嘘をつくような女に見えない。それで、周囲は騙されるのだ。おしのは巧みに半太郎を味方に取り込んでいるのだ。

いったい、おしのはどういう方法で、父上や母上の名を知ったのか。父上の名はまだしも、赤の他人が母の名を知る術《すべ》はないはずだ。

伊十郎はおしのの美しい顔を見つめた。だが、一皮剝《む》けば、夜叉《やしゃ》のような顔が現れてくるかもしれない。

この女の魂胆は何か。伊十郎に何か恨みでもあるのか。それを探る意味でも、ここは引き下がるしかなかった。

髪結いに髪を当たられながら、おしのの目的を考えた。そして、あることに気づいた。百合との縁談だ。

何者かが百合との縁談を壊すつもりでおしのに芝居を打たせたか。そうだとすると、誰が……。

伊十郎は心当たりを思い浮かべようとしたが、思い当たる女はいなかった。伊十郎は後家や妾とのつきあいが多く、またあとでもめるようなつきあい方はしてこなかった。

待てよ、と伊十郎は気づいたことがあった。伊十郎が百合と結ばれるのを邪魔するというより、百合が嫁に行くのを阻止しようとする企《たくら》みではないか。

百合は二度離縁をしている。離縁された男に、まだ百合に未練があるのではないか。

仕掛け人は百合の側にいる。そんな気がした。よし、今夜、百合と百合の父親に会う。へたな誤解を招かないように、おしののことを話しておこう。そして、百合の側に、黒幕がいるかもしれないと注意しておくのだ。

「旦那。どうしたんですかえ」

髪結いの声に、伊十郎ははっとした。

「うむ。なんだ?」

「いえ、終わりました」

「そうか。そいつはすまなかった」

いろいろ髪結いが話しかけていたが、伊十郎はまったく耳に入っていなかったのだ。

着替えて、羽織りを着て、十手《じって》を懐にしまい、大刀を手に玄関に向かった。

「今夜は遅くなる」

半太郎に言い、伊十郎は小者《こもの》の松助を連れて門を出た。

「旦那。ほんとうのところ、どうなんですかえ」

松助がおそるおそるきいた。

「ほんとうもなにもあるか。あの女は嘘をついているんだ」

伊十郎はむしゃくしゃした。

「辰三はきょうは顔を出さなかったのか」

「へえ、盛り場のほうに直接行くと、ゆうべ言ってました」

「そうだったな」

胸の中に不快感が広がっている。伊十郎は吐き気さえ催《もよお》しそうになった。へたをしたら、百合にとんでもない誤解を与えるところだった。


きょうは一日、心が晴れなかった。松助といっしょに町廻りをしたが、おしのがなぜ、伊十郎の母親の名まで知っているのか。いったい、黒幕は誰なのか。百合との仲を裂くことが目的なのか。

さまざまなことが頭の中を駆けめぐり、自身番に寄って店番の者に声をかけてもどこか上《うわ》の空だった。

それで、おふじの言っていた料理屋に行ってみることにした。

「ちょっと、葭町に寄りたい」

「葭町ですかえ」

松助が怪訝《けげん》そうな顔をした。

伊十郎は黙ってさっさと葭町に向かった。あわてて、松助がついて来た。

葭町には陰間《かげま》茶屋が多いが、『鏡家』はふつうの料理屋だ。芝居町《しばいちょう》が近いので役者や地方《じかた》の連中などで賑《にぎ》わっている。

伊十郎は『鏡家』に入って行き、女将に会った。

「これは井原の旦那ではございませんか。お久し振りでございます」

小肥《こぶと》りの女将が如才なく挨拶をする。

「つかぬことを訊ねるが、先月の半ばごろここで海産物問屋の『渡海屋』の祝宴があったそうだな」

「はい。ございました」

「その日、浮世絵師の鳥海英才が別の座敷に来ていなかったか、覚えてはいないか」

「英才さんですか」

女将は迷いを見せた。

「英才に迷惑のかかることではないから心配するな」

「わかりました」

女将は安心したように、

「さる大店《おおだな》の旦那に呼ばれて、英才さんも来ていました」

「なに、来ていたか」

「はい」

「渡海屋が来たのと同じ日だと、どうしてわかるんだ？」

伊十郎は確かめるためにきいた。

「渡海屋さんの座敷に音曲の師匠が来てましてね。三味線が聞こえてきたら、英才さんは自分の座敷を飛び出して行ったんです。なかなか、帰って来ないので様子を見に行ったら、渡海屋さんの座敷の前に座り込んで、師匠の唄《うた》と三味線に聞き入ってたんです」

「聞き入っていただけか。音曲の師匠の姿を見ていたのではないか」

「はい。障子を少し開けて覗《のぞ》いていました」

「そうか。わかった」

伊十郎は謎《なぞ》が解けたと思った。

英才はおふじの顔を『ほたる火』の顔に描いたのだ。そういうからくりがわかって、改めて絵を見ると、なるほどおふじにそっくりだと思った。

ひとつの心に引っかかっていたことが解決したせいか、夕方になると、憂鬱《ゆううつ》だった気分も潮が引くように消えて行った。

いよいよ、百合の父親と会う。そのことが気持ちを弾ませていたのだ。

伊十郎が室町《むろまち》三丁目の浮世小路にある料理屋の門を入ったのは、暮六つ（午後六時）の鐘が鳴るだいぶ前だった。

柳本の名を出すと、心得ていたように女将は奥の座敷に案内した。

「ただいま、お茶をお持ちいたします」

女将が言うのを、

「いや、いい。ひとりで待っているゆえ、構うな」

と、伊十郎は断った。

女将が出て行ったあと、伊十郎は大きく深呼吸した。百合の父親だ。おそらく、気難しい方かもしれない。最初になんと挨拶しようか、伊十郎は考えた。そうだ、高木さまは来てくれるのか。来てくれれば、高木さまにすべてお任せしよう。伊十郎はそんなことを考えながら、時が過ぎるのを待った。

庭も暗くなった。時の鐘が暮六つを告げている。まだ、百合の父親はやって来ない。

鐘が鳴り終えた。それから、さらに時が流れた。四半刻（三十分）が過ぎると、伊十郎は落ち着きを失った。

いったい、百合はどうしたのだ。立ち上がり、うろついた。遅い。いくら百合が気まぐれとはいえ、きょうは父親といっしょではないのか。

不安が押し寄せたとき、廊下に足音がした。伊十郎はほっとし、急いで部屋の隅に腰を下ろした。

「お連れさまがいらっしゃいました」

女将の声がして、襖が開いた。つかつかと入って来たのは高木文左衛門だった。

「高木さま。今宵《こよい》は……」

今宵は私のためにと続けようとして、伊十郎は声を呑んだ。文左衛門の表情が厳しかったからだ。憤然としているように思える。

「まだ、百合どのはお見えになりませぬ」

伊十郎はそう切り出した。

「来ぬ」

「はっ？」

伊十郎はきき返した。

「柳本さまは来ぬ。百合どのもだ」

「えっ、どうしてでございますか」

伊十郎は息が詰まりそうになった。

「どうしてだと？　そなた、ほんきで言っているのか」

「私にはわけが……」

途中で、あっと声を上げた。

「まさか」

「なにが、まさかだ。わしの顔に泥を塗りおって。子どもまでなした女がいたとは」

「待ってください。それは違います。お聞きください」

「言い訳は無用ぞ。ゆうべ、今宵のことを念を入れるために柳本さまは使いをそなたの屋敷にやったそうだ。だが、その使いの者は、そなたの隠し子を目撃した」

文左衛門は顔を紅潮させて続けた。

「夕方になって、柳本さまから今日の中止を言って来た。隠し子など、にわかには信用出来ぬ。それで、そなたの屋敷に行ってみた。我が目を疑ったぞ」

「高木さま。お聞きください」

すがりつかんばかりにして、伊十郎は文左衛門に訴えた。

「私にはまったく身に覚えのないことでございます。あの者は何らかの目的があって、嘘を申しているのでございます」

「伊十郎。見苦しいぞ」

文左衛門が一喝した。

「女とは遊びだった。ほんきではなかった。子どものことなど知らない。そう言うのであろう。それこそ、許されぬことだ。百合どのが、子どもまでなした女子がいるなら、私は身を引くと申されたそうだ。それに、子どもを邪険にする男は嫌いだそうだ」

「うっ」

脳天を殴られたような衝撃に、伊十郎は一瞬目が眩《くら》んだ。

「柳本さまから、この話はなかったことに、という言伝てだ」

文左衛門は立ち上がった。

「違います」

伊十郎は叫んだ。

文左衛門は哀れむような目を向けた。

「伊十郎。しのと申す女もなかなか美しい女ではないか。それに、百合どののより、はるかに気立てもよさそうだ。かえって、そなたにとってはよかったかもしれぬ」

「そんな」

いくら言ってもだめだった。伊十郎は全身から力が抜けて行くのがわかった。部屋を出て行った文左衛門を追いかける気力は失《う》せていた。

長い間、呆然としていたが、女将が顔を覗かせたので、伊十郎はやっと立ち上がった。

「支払いは改めて」

「いえ、高木さまから頂戴《ちょうだい》いたしました」

「そうか」

女将の好奇に満ちた視線から逃れるように、伊十郎は急いで部屋を出て行った。きのうからきょうにかけて我が身に降りかかった災厄に、伊十郎はすっかり打ちのめされていた。

せっかく百合との仲がうまくいきかけたところだった。それを、おしのという女が壊したのだ。

ちくしょうと、吐き捨てる。料理屋を出てから闇雲《やみくも》に歩いて来たようだが、辿《たど》り着いたのはおふじの家だった。

伊十郎は格子戸を開けた。だが、声をかける気力もなく、土間に入るや、上がり框《がまち》に腰を下ろした。

畳をする音がした。

「まあ、井原の旦那じゃありませんか」

頭の上で、おふじの声がした。

「どうしたんですか。まあ、顔色が真っ青。いったい、なにがあったんですか。さあ、お上がりになって」

おふじが伊十郎の腕を摑んだ。

「すまぬ」

伊十郎は立ち上がった。

居間に落ち着いたとたん、ふと意識が遠のきそうになった。かつて、これほど心に衝撃を受けたことはなかった。

「旦那。これを呑んで」

おふじが湯呑みを差し出す。

伊十郎は受け取り、いっきに呑み干した。酒だった。

「もういっぱい、いかがですか」

おふじが徳利から酒を注《つ》いだ。それも、ひと息で呑み干した。

「情けない姿を見せてしまった」

伊十郎は気弱そうに言った。

「旦那がこんなに悄気《しょげ》返《かえ》っているところをみると、百合さまという許嫁《いいなずけ》と何かあったんですね」

「わかるか」

「ええ。以前にも、同じようなことがありましたもの。喧嘩でもなすったんですか」

「誤解だ」

「誤解?」

伊十郎は無意識のうちに叫んでいた。

「きのう、俺の屋敷におしのという女が赤子を連れて乗り込んで来た。俺の子だと言いやがった。冗談じゃねえ。俺はまるっきり知らねえ」

伊十郎は伝法《でんぽう》に言った。

「いったい、どういうことなんですね」

「わからねえ。俺はさっぱりわからねえんだ。奉公人たちも、おしのの言い分を信じている。おとなしそうな顔に騙されているんだ。いや、不思議なのは、おしのは俺の親の名前とか、俺の幼名などを知っているんだ。おしのは俺が話したと言うが、俺がそんなことを話すはずがない」

「妙な話ですねえ」

「ああ、まったく妙だ。やはり、俺と百合どのの仲を裂くために何者かが仕組んだとしか思えない」

「そんな人間がいるでしょうか」

「俺のほうになくとも、百合どののほうにあるかもしれない。気になるのが、百合どののふたりの元亭主だ」

「そんなことをして何になるでしょうか。百合さまと縒《よ》りを戻せるわけではないでしょうに」

「破談に追い込めばいいだけかもしれない。いやがらせだ」

「いやがらせのためだけに、赤子まで用意するでしょうか」

「……………」

確かに言われてみれば、そのとおりかもしれない。

「どのみちもうだめだ」

伊十郎は絶望的な声を出した。

「誰も俺の言うことを信じちゃくれない。隠し子のことはもう八丁堀中に知れ渡っているはずだ。誤解が解けるにしても、相当な時間を要する。その間に、百合どののことも終わりになる」

伊十郎は嘆いた。

「おふじ」

伊十郎は腰を浮かせた。

「旦那。どうしたんですね、そんな怖い顔をして」

「百合どののことは諦める。その代わり、おめえと……」

伊十郎はおふじに近寄り、手をとった。

「旦那。何を仰っているんですか。そんな簡単に百合さまを諦めてしまうんですか。それに、私は百合さまの身代わりはいやですよ」

おふじは手を引っ込めた。

「いや、身代わりじゃねえ。俺はおめえのことも百合どのと同じくらいに……」

「その先を言ってはいけません」

　おふじはぴしゃりと言った。

「いいですか。旦那。百合さまをそんなに簡単に諦められるんですか」

「しかし、どうしようもないではないか。こうなると、百合どのは俺と会ってくれないだろう。弁解することだって出来ないんだ」

「旦那。毅然《きぜん》とした態度でいることとです。おしのさんと赤子に対して。決してふたりを邪険にしてはいけません。そんなことをしたら男としての値打ちを下げ、百合さまにほんとうに嫌われてしまいますよ」

　おふじの忠告が身に沁《し》みた。

「きっと、どこかで誰かが見ています。自分を失わずに」

「よくわかった。おふじ、礼を言う」

「いやですよ。それより、さあ、呑みましょう」

「いや。早く、屋敷に帰ろう。やけになったら、負けだからな」

　伊十郎は立ち上がった。

「そうですか」

　おふじもにこりとして、

「旦那。きっと、百合さまはわかってくださいますよ」

と、力づけてくれた。

「ありがとうよ」

居間を出かけて、

「そうそう、浮世絵のからくりがわかったぜ。やはり、同じ日に英才は『鏡家』にいた。おめえの姿を廊下から見ていたそうだ」

「まあ」

薄気味悪そうに、おふじは美しい眉をひそめた。

「英才に灸《きゅう》を据えておく。これ以上、妙な噂が立たぬようにな」

そう言い、伊十郎はおふじの家を出た。

四

ふつか後の夜、庭でおしのが月を眺めていた。赤子を寝かしつけてから、庭に出たようだ。

伊十郎は濡縁に出て、おしのの後ろ姿を見つめた。ふとしたときに、その人間の本性が現れるものだ。

いま、おしのは何に思いをはせているのか。おそらく、実の太郎の父親のことであろう。

父親はどこでどうしているのか。会いたくても会えないところにいるのか。それとも、すでに亡くなっているのか。いずれにしろ、父親と会える状況にはないのだ。

だから、こんなところで過ごすことが出来るのだ。そう思ったとき、はったと気づいたことがあった。

おしのの亭主、太郎の父親のことだ。もしかしたら、伊十郎が捕まえた男か。死罪になったか、島流しになったか。その男の妻子ということも考えられる。だとしたら、この屋敷に乗り込んで来た理由がわかる。伊十郎に敵討《かたきう》ちをしようというのか。

気配を感じたのか、おしのが振り返った。

「いらっしゃったのでございましたか」

おしのが言った。

「つらかったのであろうな」

伊十郎が言うと、少しはっとしたような表情をしたが、

「思い切ってここに来てよかったと思っております」

と、おしのは微笑《ほほえ》んだ。

「そなたの生まれはどこだ？」

「王子《おうじ》村でございます」

「親御はおるのか」

「いえ。おりませぬ。私を育ててくれた叔父夫婦も亡くなりました」

「亡くなった？　では、太郎を産んでからここに来るまでどこにいたのだ？」

「巣鴨《すがも》村です」

「巣鴨村のどこだ？」

「ある百姓家の離れを借りていました」

「なんという百姓家だ？」

「吾作《ごさく》さんです」

「吾作か」

伊十郎はおしのの顔を見つめた。どうしてすらすら喋《しゃべ》ったのか。調べられるとは思っていないのか。

おしのはさりげなく目を逸《そ》らし、庭の植込みに目をやった。

「菊がきれいですこと」

大輪の菊を晩秋の月光が淡く照らしている。

「半太郎が手入れをしている」

「そうでございますか。半太郎さんはおやさしいお方です」

おしのは落ち着いている。おそらく、巣鴨村の吾作の家の離れで過ごしていたことは事実であり、吾作にも父親は八丁堀同心の井原伊十郎だと話してあるのに違いない。そこまで手を打ってあると考えたほうがよさそうだ。

「ところで、そなたをここに連れて来た弥助という男はどうしたのだ？」

「さあ、わかりません」

「わからない？」

「はい。たまたま下男として雇い入れたひとでございますから」

「雇ったのは、誰の世話だ？」

「たまたま、行商で来たおひとでした。下男を探していると言ったら、私でよろしければと仰ってくださったのです」

作り話めいていると思ったが、あえて問い返さなかった。

「では、失礼します。太郎が目を覚ますといけませんので」

おしのは台所に向かった。

伊十郎は一昨年の暮れから去年にかけて重大な事件で捕まえた男のことを思い出してみた。が、おしのの間夫《まぶ》と思われる男は思い浮かばなかった。

当時はまだ佐平次がいる頃だ。恨みを抱くとしたら、佐平次のほうかもしれない。佐平次がほとんどの事件を解決に導いて来たのだ。

廊下に足音がした。

「旦那さま」

半太郎が近付いて来た。

「なんだ?」

「おしのさまのことですが、そのうち、お披露目をしたほうがよろしいかと思います」

「お披露目?」

「はい。八丁堀界隈《かいわい》でいろんな噂が飛び交い、このままではおしのさまも肩身の狭い思いをいたしましょう。みなさまにお知らせしたほうが」

「よけいなことだ」

伊十郎は一喝した。

「なれど」

「半太郎。おまえは騙されている。あの女は王子の狐《きつね》だ」

「旦那さま」

半太郎は呆《あき》れたような顔をした。

「よい。しばらくはこのままでよい。あの母子はあくまでも客人だ」

「まだ、そのようなことを」

「俺の母親の名を知っていたくらいで、あっさり信用してしまうなんて、おまえはとんでもないお人好《ひとよ》しだ」

「そればかりではありません。おしのさまは私が伊十郎さまのお父上の代から仕えていることや、佐野《さの》の出であることもご存じでした。旦那さまから聞いていたと」

「なに、そのようなことまで？」

伊十郎はまたも考え込んだ。よほど、井原家の内情に詳しい者が背後にいるようだ。

「半太郎。よく考えてみろ。俺がおしのを口説いたとしてもだ。どうして、おまえの故郷の話をする必要があるのだ」

「いえ、旦那さまから話されたというより、話のついでだったそうにございます」

「話のついでだと？」

「おしのさまの祖父が佐野の出だと言ったら、旦那さまが我が屋敷で父の代から働いている半太郎という者も佐野だと仰ったそうです」

「………」

伊十郎は言葉を失った。半太郎はおしのを信じきっている。半太郎の目を覚まさせるのは並大抵のことでは無理だと改めて思い知らされた。

翌日、伊十郎は辰三をともない本郷《ほんごう》の通りを加賀前田《かがまえだ》家上屋敷前の追分《おいわけ》から中山道《なかせんどう》に入った。

「旦那。おしのさんはほんとうに旦那と関係ないんですかえ」

辰三が疑わしそうにきく。

「おめえまで、あの女の言うことを信じているのか」

「いえ、そうじゃありませんが」

「まったく、誰も俺の言うことを信じようとしない」

伊十郎は不平をもらした。

「そりゃ無理もありませんぜ。今度のことも、旦那ならあり得ない話ではないとみんな思っているんですよ。言わば、自業自得ってやつ……」

「なんだと」

「すいません」

辰三はあわてて口を押さえた。

白山権現《はくさんごんげん》の脇を通り、伊十郎と辰三は巣鴨村に急いだ。きょうは朝から雲行きが怪しい。だが、そのせいで、早足になっているのではなく、伊十郎は早く巣鴨村の吾作にきいてみたいのだ。

ようやく巣鴨町に入った。右手に武家屋敷が並び、左手に町家が続いている。畑が見えて来た。この先は板橋宿《いたばししゅく》である。その手前を曲がり、畑の中の道を進む。前方に、王子稲荷の杜《もり》が見える。

百姓家が見えたので、辰三は走って行った。そして、すぐに戻って来た。

「あそこです」

かなたの防風林に囲まれた百姓家を指さした。

伊十郎と辰三は吾作の家に近付いた。

戸口に立ち、辰三が奥に向かって呼びかけた。暗い土間から野良着姿の年寄りの男が出た来た。

「吾作さんはいるかえ」

辰三がきく。

「おらだが」

吾作は伊十郎のほうにも目をくれた。

「おしのという女のことできさたいんだ」

辰三が問いを進めた。

「おしのさんですか」

「知っているんだな」

「へい。知ってます。離れを貸してましたから」

「そうか。で、どういう縁で、離れを貸すようになったんだ?」

「おしのさんがいきなり訪ねて来て、離れを貸してくれねえかと」

「離れが空いていることを知っていたのか」

「そうです」

「離れに住んでいたのは誰と誰だね」

「おしのさんと下男の弥助さんです」

「離れにふたりで住んでいたのか」

伊十郎は口をはさんだ。

「そうです」

「弥助とはいくつぐらいのどんな男だ?」

「三十ぐらいでしょうか。中肉中背で、目の大きなひとでした」

「離れで、子どもを産んだんだな」

「そうです」

「父親のことを何か言っていたか」

「はい。この子の父親は北町奉行所同心の井原伊十郎さまだと言っていました」

「そうか。で、どうして、おしのは離れを出て行くようになったんだ?」

「井原さまに会いに行くと言っていました」

伊十郎は舌打ちしたい思いだった。

綿密な手筈《てはず》のもとで伊十郎の屋敷に来たことがわかる。

「ここを出たのはいつだ?」

「はい。九月三日の早朝でした」

「九月三日の早朝か」

おしのが八丁堀の屋敷にやって来たのは、その日の夕方だ。

「取上婆《とりあげばば》はこの近くの者か」

「はい。わしの嬶《かかあ》や娘が手伝いました」

「この離れに、おしのはどのくらい住んでいたのだ？」

「はい。一年近くです」

「一年近く？」

「金はどうした、その間の生計《たつき》はどうやって立てていたんだ？」

伊十郎は疑問を口にした。

「お金は井原さまからもらっていたそうでございます」

伊十郎は土間に目をやった。何人かいるようだが、こっちの話に聞き耳を立てているようだった。

「ここにいる間、誰か訪ねて来た人間はいるか」

「いえ。小間物《こまもの》の行商人がやって来るだけでした」

「小間物屋？」

「はい。白粉《おしろい》とかを買っていたようです」

「どこの人間かわかるか」

「いえ、なんでも以前に住んでいた頃からの知り合いだそうです」

「そうか。わかった。辰三、行こう。邪魔した」

伊十郎は吾作の家を離れた。

雨模様の空はまだ降り出さない。

「旦那。どうなっているんですかねえ」

歩きながら、辰三は首を傾げた。

「うまく、手を打ってある」

「ええ」

「ただ、気になることが幾つかある」

「なんですね」

「まず、暮らしに必要な金だ。俺が金を渡していたわけがない。ということは、誰かが金を渡していたのだ」

「へえ。そうですね。小間物屋から買い物をする金だって必要ですからね」

「いや。小間物屋がほんものかどうか」

「えっ？」

「小間物屋が毎日の暮らしに必要な金を持って来たのかもしれない」

「なるほど」

「それから、吾作の受け答えだ。あまりにも素直に答えた。まるで、俺たちが来ることを予期していたかのようだ」

「そう言われてみればそうですが」

この点については、辰三は半信半疑のようだった。

「ともかく、弥助という男を探すのだ」

「でも、手掛かりがありませんぜ」

「おしのたちは巣鴨村を朝発《た》ち、その日の夕方に俺の屋敷にやって来た。赤子を連れてでは、かなりきつかったのではないか。俺の屋敷に迎え入れられなかったらどうするつもりだったのか。万が一、断られた場合を考えていなかったのだろうか」

「そうですね。また、出直すにしても、巣鴨村まで帰るのは無理ですからね。じゃあ、どこか旅籠《はたご》にでも泊まるつもりだったんでしょうか」

「そうかもしれぬ。いずれにしろ、どこか休む場所に心当たりがあったと考えたほうがいい。赤子を連れているのだ」

だが、その場所を探すのは難しい。

ふたりは本郷まで戻って来た。そして、湯島《ゆしま》を通り、昌平橋《しょうへい》を渡った。

「旦那。どこかで飯を食いませんか」

辰三が我慢出来ないように言った。

「もう、昼は過ぎているか」

八辻《やつじ》ヶ原《はら》を過ぎ、須田《すだ》町に入った。

「茂助《もすけ》の家があればな」

伊十郎は懐かしく言う。

「茂助さんって、以前、旦那が手札を与えていたお方でしたね」

「そうだ。佐平次の前だ。佐平次を一人前の岡っ引きに仕込んでから身を退《ひ》いた。かみさんがここで一膳飯屋《いちぜんめしや》をやっていた。いまは、嫁いだ娘のところに行って、のんびり余生を送っている」

「そうですかえ。でも、年取ってから娘さんと暮らせるなんてうらやましいことです。あっしも、そういう生き方がしてえな」

辰三がしんみり言う。

脳裏《のうり》を百合の顔が掠《かす》めたのを、伊十郎は必死に振り払った。

「おせんをなんとかしたらどうだ？」

「旦那。冗談はいけません。あっしの出る幕なんてありゃしませんぜ」

「そうかな。おせんだって、満更《まんざら》でもなさそうだがな」

伊十郎は辰三をけしかけた。

「いやだな」

辰三は照れを隠すように、

「そうだ。旦那。横山町《よこやまちょう》にうまいそば屋が出来たんです。そこにしませんか」

と、誘った。

「いいだろう」

ふたりは横山町に向かった。


そば屋を出ると、外は夕暮れのように暗い。

「なかなかいい店だ」

伊十郎は満足そうに言った。

「そう言っていただけると、誘った甲斐《かい》があります」

「おまえ、あの亭主とは？」

「へえ。以前、聞き込みのときに会ったことがあるんです。あんときは駒形《こまがた》にある大きなそば屋にいたんですが、つい最近独り立ちしたんですよ」

「そうか。まあ、これからも贔屓《ひいき》にしてやろう」

「へい。ありが……。旦那、あれ」

辰三の声が途中で止まり、驚いたような声を出した。

辰三の視線の先を見ると、南町奉行所定町廻り同心の押田敬四郎《おしだけいしろう》と岡っ引きの長蔵《ちょうぞう》だ。ふたりがいやがる男を引き立てて、浜町堀のほうに向かっていた。

「あの男は鳥海英才ではないか」

伊十郎も不審に思った。

「ええ。いってえ、どこに行くんでしょうか」

「気になる」

伊十郎と辰三はあとを追った。

押田敬四郎たちは浜町堀を越えると、すぐ左に折れた。堀沿いをまっすぐ進む。

「まさか」

伊十郎は覚えず顔をしかめた。

思ったとおり、高砂町に向かっている。荷崩れ事故を起こした『小牧屋』の横を通り、おふじの家の前で立ち止まった。

その前で、英才が尻込みをし、長蔵が急《せ》き立てている。

伊十郎は近付いて行って声をかけた。

「何をしているんだえ」

押田敬四郎が扁平《へんぺい》な顔を向けた。

「おや、誰かと思えば、伊十郎か」

敬四郎は冷笑を浮かべた。

昔から、伊十郎はこの男とは反《そ》りが合わない。向こうのほうが年長だが、常に張り合っている。

「長蔵。何をしているんだ？」

敬四郎を無視して、長蔵にきく。

「へえ、ご覧のとおりで。この男がここまで来たら、急に動かなくなったんで、説得しているところです」

「英才、どうしたんだ？」

伊十郎は英才に声をかけた。

「はい。それが……」

「なんだ？」

「伊十郎。これだ」

押田敬四郎が懐から浮世絵を取り出した。英才の描いた『ほたる火』だ。やはり、そうだった。

「英才は『ほたる火』に出会っている。その上で描いた絵が音曲の師匠のおふじと瓜二《うりふた》つだ。英才におふじを見てもらい、確かめるのだ」

「無駄だ」

伊十郎は吐き捨てた。

「なに、無駄だと？」

「そうだ。英才は『ほたる火』を描いたのではない。おふじを『ほたる火』に見立てて描いたのだ」

「そんなはずはない。英才は『ほたる火』に出会っているのだ。そうだな、英才」

押田敬四郎は英才に確かめた。

「はい」

「だが、いくら絵師でも、ひと目見ただけでは姿形を覚えられるわけはない。英才、そうではないか」

「はい」

「やい、英才。どっちなんだ、はっきりしろ」

鼠《ねずみ》のような顔をした長蔵が怒鳴った。

「はい」

英才は竦《すく》み上がった。

「英才。おまえは葭町の『鏡家』に呼ばれたそうだな。そのとき、別の座敷で海産物問屋の『渡海屋』がおふじを呼んで楽しんでいた。おまえは廊下からおふじの姿をじっと見ていた。どうなんだ」

伊十郎が迫ると、英才は小さくなって、

「はい。そのとおりでございます」

と、首をすくめて答えた。

「つまり、英才は『鏡家』でおふじを見た。それで、おふじを『ほたる火』に見立てて描いた。どうだ？」

「はい」

「やい、ありていに言うんだ！」

長蔵が癇癪《かんしゃく》を起こした。

おふじの家の格子戸が開いた。

「まあ、なんの騒ぎかと思いました」

「おふじか。なるほどな」

押田敬四郎は浮世絵とおふじを見比べた。

「似ているのは当たり前だ。その絵はおふじだ。そうだな、英才」

「はい」

「はっきり言うのだ」

「おふじさんを『ほたる火』に見立てて描きました」

英才は肩をすくめて答えた。

「嘘をついていたのか」

押田敬四郎が大声を張り上げた。

「いえ、嘘じゃありません。『ほたる火』に出会ったのはほんとうです。ただ、一瞬見ただけだったので……」

「だが、どうしておふじだったんだ？」

押田敬四郎がきいた。

「それからふつか後に『鏡家』でおふじさんを見たとき、一瞬だけ見た『ほたる火』に似ているような気がして、それでつい……」

「ちっ」

長蔵が吐き捨てた。

「英才さん」

おふじが声をかけた。

「おかげで、お弟子さんの中には私が『ほたる火』じゃないかって疑うひともいるし、弟子入りと称して、私の顔を見に来るひともいるんですよ。ちゃんと、話してくださいな」

「はい。すみません」

「おう、英才。てめえのためにとんだ無駄骨を折ったではないか」

押田敬四郎は英才を睨《にら》み付けてから、

「長蔵。行くぜ」

と怒鳴るように言い、さっさと去って行った。

長蔵があわてて追いかけて行った。

「旦那。助かりました。ありがとうございます」

辰三を意識して、おふじはよぶんなことは言わなかった。

「なあに。これで、妙な噂はなくなるだろう」

そう言い、伊十郎はおふじの前から離れた。辰三がいなければ寄って行きたいところだが、そうもいかない。

辰三が何か言いかけたので、

「辰三。どうやら降りそうだ。急ごう」

と、話を逸らすように言い、急ぎ足になった。

第三章　長持の一行

一

その日の夜、伊十郎は高木文左衛門の屋敷に行った。

客間で待っていると、やっと文左衛門がやって来た。不機嫌そうな表情で、伊十郎の前に座った。

「高木さま。どうか私の話をお聞きくださいますよう」

伊十郎は平身低頭して訴えた。

「話とな。はて、いったい何の話であろうの」

文左衛門は口許《くちもと》を歪《ゆが》めた。

「我が屋敷にいるおしのと赤子のことでございます」

「披露目をするのか」

「とんでもない。あのふたりはまったくの赤の他人でして」

「伊十郎。まだ、そのようなことを」

文左衛門は呆《あき》れたように首を横に振った。

「そなたは、百合どのを裏切り、わしまでも裏切った。まず、そのことの謝罪があってしかるべきではないのか」

「高木さま。お聞きください」

伊十郎は身を乗り出し、

「あのふたりは私の屋敷に来る前は巣鴨村の吾作という百姓の家の離れにおりました。下男として雇った弥助という男といっしょに」

「伊十郎、いったい、何の話だ。おしのという女との馴《な》れ初《そ》めを話すつもりか」

「いえ。どうぞ、お聞きを。一年ほどおりましたが、ときたまおしののもとに小《こ》間物《まもの》屋が訪れています。下男の弥助も小間物屋も正体が不明です」

伊十郎は一方的に話しはじめた。

「おしのは吾作の家を出るとき、私のところに行くと言って出てきました。赤子が生まれたときから、父親は八丁堀同心の井原伊十郎だと吾作には話していたようです。妙だとは思いませんか」

「何が妙なのだ？」

不快そうに、文左衛門はきき返す。

「そもそも、なぜ、おしのは八丁堀から遠く離れた巣鴨村で子を産んだのか」

「生まれた家の近くがよかったのではないのか」

「ならば、王子村に行けばよかった。なのに、巣鴨村です」

「隣村だ。同じようなものだ」

「そうでしょうか。生まれた家の近くなら知り合いもおり、心細くはなかったはずです。なのに、なぜ、巣鴨村を選んだのか」

「そんなことは、おしのの勝手であろう」

「さらに、不思議なことは、巣鴨村に王子村から誰も訪ねて来なかった。なぜ、でしょうか」

「そんなことわからん」

「それより、納得いかないのは、おしのが自分の実家の場所を言おうとしないのです。王子村だとは言いましたが、それ以上のことは言おうとしません」

「…………」

「つまり、王子村に実家などないからです。おしのは嘘《うそ》をついているのです」

「嘘を？　なぜ、嘘をつくのだ？」

「実家に問い合わせれば、父親の正体がばれてしまう。だから、言えないのです。高木さま」

ここが大事なところだと、伊十郎は文左衛門に呼びかけて注意を喚起して続けた。

「もし、私の子であるなら、どうして八丁堀の近くで産もうとしなかったのでしょうか」

「世間に隠したかったのであろう」

「しかし、吾作には話しています」

「遠いから、漏れる心配がないからであろう」

「では、なぜ生まれて四カ月して、我が屋敷に来たのでしょうか。世間に隠れて産もうとしていたことと矛盾していませんか。それとも、私のほうに秘密を守る必要がなくなったと思ったからでしょうか」

「それは百合どののことだ。百合どのと婚約が整いそうだと聞き、このままでは捨てられてしまうという心配からあわてて出て来たのではないか」

「遠い巣鴨村で暮らす者が、どうして百合どののことを知ったのでしょうか」

「さっき話に出た小間物屋が話したのかもしれない。いや、その小間物屋はおしのに頼まれて、そなたの様子を知らせていたとも考えられる」

「もし、私が父親なら、その小間物屋は私が遣わしたと考えるほうが自然ではありませんか。暮らしに必要な金を届けさせるために。だとしたら、私は小間物屋に百合どののことは絶対に話すなと命じるはずです。違いますか」

「うむ?」

　はじめて、文左衛門の表情が変わった。

「私が百合どのとの結婚を望んでいることは高木さまは十二分にご承知であられましょう。だとしたら、私はおしのには百合どののことを隠し、百合どのにはおしののことを気づかれないように手を打ったはず」

「すると、おしのが勝手に子を産んだのであり、そなたは知らなかった。ただ、おしのは小間物屋にそなたの様子を調べさせていた。そういうことではなかったのか」

「では、生計《たつき》をどうやって立てていたのでしょうか」

「別れるとき、そなたはまとまった金を渡していたのではないか」

「そうだとしたら」

「くどい」

文左衛門は叱《しか》るように言った。

「いつまでも、そなたの言い訳を聞いていても仕方ない。問題はこれからのことだ」

「高木さま」

伊十郎は泣きそうな声を出した。

「伊十郎。この前も話したように、そなたにはおしのと申す女子《おなご》のほうが似合いぞ。百合どのを妻にしたら苦労する。子どももいるなら、迷うことはない。百合どのを忘れ、おしのを妻に迎えるのだ」

「違うのです。ほんとうに私の子ではないのです」

「まだ、言うのか。見苦しいぞ、伊十郎」

文左衛門は憤然と立ち上がった。

「よいか。おしのと赤子を追い出すような真似《まね》をしたら、わしが許さん。よいな」

伊十郎は返す言葉を失った。

文左衛門が出て行ったあと、伊十郎はしばらく立ち上がれなかった。

翌朝、起きてすぐに湯屋に行き、女湯に浸《つ》かった。

ゆうべも赤子が夜泣きをし、伊十郎は何度も眠りを邪魔された。これは毎晩だ。

夜中に子どもが起きるたびに、おしのが抱っこをして庭に出て行く。

なんでこんなことになったのだと、伊十郎は湯をすくって顔にかけた。すると、男湯のほうから、話し声が聞こえた。

「井原さまに子どもがいたらしいな」

「そうだ。隠し子がいた」

「女好きの井原さまらしい」

勝手なことを言いやがって。覚えず怒鳴りそうになったが、伊十郎は怒りを抑えて、勢いよく湯船から飛び出した。

噂話《うわさばなし》を聞いていたのだろう、湯屋からの帰り道、松助はひと言も口をきかなかった。

髪結《かみゆ》いも口数が少なかった。いま、世間の噂はなんだときいたら、井原さまの隠し子のことで持ちきりですと答えるに違いない。

伊十郎は着替え、黒羽織りを着て、十手《じって》を懐にしまった。その間、いつもおしのは赤子と自分の部屋にいる。

（女狐《めぎつね》め）

いつか、化けの皮をはいでやる。そう思いながら、伊十郎は松助といっしょに屋敷を出た。

辰三は今朝早くから王子村に行っている。おしのの実家を調べてもらうためだ。

「旦那《だんな》。きょうは町廻りはどうしますか」

自分のことにかまけて、役目のほうが疎《おろそ》かになっている感は否《いな》めない。『小牧屋』の件も進展がないままだ。

ただ、『ほたる火』が鳴りをひそめていることが幸いだった。ただ、いつ『ほたる火』が出没するやも知れず、安心は出来ない。

ともかく、おしのの件で身の潔白を証《あか》すにはまだ時間がかかりそうだ。半太郎も高木文左衛門もおしのの味方だ。

おしのに会った人間はほとんどおしのの味方になる。この松助や辰三にしても、内心ではおしのの言葉を信じているような気がする。

海賊《かいぞく》橋を渡り、楓《もみじ》川沿いを通り、日本橋川にかかる京橋を渡り、そして呉服橋御門内にある北町奉行所に出仕した。

同心詰所に入ったとき、門番が追って来た。

「たいへんです。殺しだそうです。この者が」

門番に代わって顔を見せたのは、若い男だった。

「あっしは神田岩井町《いわいちょう》の自身番の者です。柳森《やなぎもり》神社の裏手でひとが殺されてました」

「なに、柳森神社だと」

伊十郎の縄張りだった。

「よし。すぐ行く」

落ち着く間もなく、伊十郎は同心詰所を飛び出した。

おしののことを調べに、辰三は王子村に行っている。やっかいなときに新たな事件がおきやがってと、伊十郎は腹立たしく思いながら柳原《やなぎわら》の土手に急いだ。


柳森神社は柳原の土手にあった。神社の裏は神田川だ。その神社の脇の草むらの中で男が死んでいた。

町《ちょう》役人たちが死体の番をしていた。

「井原さま。こちらでございます」

伊十郎は死体を見た。

顔に殴られたあとがあり、胸や腕などにも痣《あざ》があった。相当、激しい暴行を受けたようだ。腹部に刃物で刺された傷があった。これが致命傷であろう。

複数の人間に暴行を受けた。そんな気がした。

辺りの草木に倒れたり、踏んづけられたりした形跡はない。争ったような跡がないということは、暴行を受けたのは別の場所だ。

男は四十前ぐらいか。顎《あご》が尖《とが》っている。

土手に野次馬が集まって来た。伊十郎はさりげなく野次馬に目をやる。下手人が野次馬に混じって様子を窺《うかが》っている場合もある。

その中で、夢中で死体を覗《のぞ》き込もうとしている男に気づいた。ぼろをまとい、首から頭陀袋《ずだぶくろ》をさげた髪がぼさぼさの髭面《ひげづら》の男だ。

役人の制止を振り切るようにして死体を覗き込もうとしている。

伊十郎はその物貰《ものもら》いに近付いた。

「心当たりがあるのか」

「いえ、いつぞやお金をめぐんでくれたひとに似ているようだったんで」

「よし。よく見てみろ」

伊十郎は物貰いを死体のそばに連れて行った。

莚《むしろ》をめくる。物貰いは顔を覗き込んだ。微《かす》かに、表情が変わった。

「どうだ?」

「へえ、いつぞや、お金をめぐんでくれたひとでした」

「そうか。名前は知っているか」

「いいえ、通りがかりでしたから」

「場所は?」

「えっと……」

しばらく考えてから、

「確か、須田町《すだちょう》だったか」

と、あやふやに答えた。

「そうか。おめえの名は?」

「名前なんて忘れました」

そう言い、物貰いは土手に上がって行った。

「旦那。あいつ浜町辺りをうろついている男ですぜ」

松助が顔を歪めて言った。

「浜町辺り?」

「ええ、あの辺りでよく見かけます」

何か気になったが、そのことを考える前に、松助があっと声を上げた。

「どうした？」

「へい。ちょっと待ってください」

松助はホトケのほうに向かった。そして、まじまじとホトケの顔を見つめていた。

「松助。何か心当たりがあるのか」

「旦那。『恵比寿床』に現れた男に特徴が似ていませんかえ。顎の尖った鋭い顔に頑丈そうな体。それに歳《とし》も四十前」

「なんだと」

伊十郎はホトケの顔を覗き込んだ。

「うむ。似ている。あんときの『恵比寿床』の客の名は控えてあるな」

「へい」

「よし。顔を検《あらた》めさせるんだ。とりあえず、佐久間町《さくまちょう》の大番屋に運んでおく」

「わかりやした。行って来ます」

松助が駆けて行った。

妙なことになったと伊十郎は顎に手をやった。荷崩れで死んだ男は喧嘩《けんか》で殺されたという噂を『恵比寿床』に持ち込んだ男こそ、その喧嘩相手だった可能性がある。その男が今度は殺された。

まだ、はっきり確かめられたわけではないが、かなり特徴は合っている。しかし、そうだとしても、その喧嘩とこの男の死は関《かか》わりがあるのか、それともまったく別件なのか。

死体は戸板に載せられ、大八車《だいはちぐるま》に移された。そして、和泉橋《いずみ》を渡り、神田川の対岸にある佐久間町の大番屋に運ばれた。

伊十郎はそこで改めて死体を調べた。足は足袋《たび》を履いているが、足袋の裏はそれほど汚れていない。着物にも泥がついていない。つまり、男が暴行を受けたのは部屋の中ということになる。

唇が切れて、目のまわりに青痣が出来ている。手首に結《ゆ》わかれた跡があった。着物を脱がしてみると、体中に蚯蚓《みみず》腫《ば》れが出来ていた。竹などで打たれた跡だ。後ろ手に縛られ、拷問を受けたのかもしれない。相手はふたり以上の可能性が大きい。

男の指を見た。竹刀《しない》だこがある。ひょっとして、侍か。死んだのはきのうの夜だ。どこか別の場所で殺され、運ばれて来たのだ。

ひと通りの検死を終えて上がり框《がまち》に腰を下ろして待っていると、ようやく松助がふたりの男を連れて来た。

「ふたりとも、噂をしていた男の顔を見てます」

「ごくろう。すまぬが、見てくれ」

伊十郎はふたりに頼んだ。ひとのよさそうな顔をした職人ふうの男と隠居らしい年寄りだ。

ふたりは死体に近付いた。

松助が莚をめくった。ふたりは恐る恐る顔を覗き込んだ。しばらくして、ふたり同時にあっと叫んだ。

「この男だ」

職人が震える声で言った。

「ああ、間違いねえ。顎の尖り具合が同じだ」

年寄りもはっきりと言った。

「そうか。わざわざ来てもらってすまなかった」

「殺されたんですかえ」

年寄りが好奇心に満ちた目を向けた。

「そうだ。また、何かあったら頼みに行くかもしれぬ。ごくろうだった」

「さあ、こっちだ」

まだ何かききたそうな年寄りと職人を送り出し、松助が戻って来た。

「やはり、そうでしたね」

「松助。このホトケは侍かもしれぬ。武士ではない。武家屋敷の奉公人かもしれぬ」

「武家屋敷？　ひょっとして、荷崩れの男も？」

「その可能性がある。だから、見つからなかったのかもしれない」

いまだに、ホトケの身許がわからないのは異状だった。だが、武家屋敷の奉公人で、屋敷の人間が口を閉ざしているとなれば、おいそれとは見つからないだろう。

「ぜんぜん、見当違いのところを探していたってわけですね」

「そういうことになる」

「でも、武家屋敷となるとやっかいですね」

松助がうんざりしたように言う。

「うむ。向こうが隠しているからやっかいだ。だが、どこかの屋敷で、何か騒動が起こったのだ」

「それにしても、この男はなぜ、殺されたんでしょうか。仲間の仕返しにあったんでしょうか」

「いや、単なる喧嘩の仕返しとは思えぬ。拷問を受けた形跡がある。下手人は、この男から何かをききだそうとしたのかもしれぬ」

「なんでしょうか」

「皆目、わからぬ」

「ききだしたんでしょうか」

「相当、激しい拷問だったようだ。それでも口を割らなかったのか、あるいは耐えきれなかったか」

伊十郎はもう一度、死体のそばに行った。そして、顔を見た。歯を食いしばったまま死んでいた。その顔を見て、この男は口を割らなかったのだと思った。

荷崩れの罪をかぶることになった『小牧屋』の主人卯平を、この男は助けようとして噂を流した。いったい、この男に何があったのか。

「死体はおそらくゆうべ遅く神社の裏に捨てられた。船で運ばれたか、駕籠《かご》か。

いずれにしろ、夜鷹《よたか》が何かを見ているかもしれない。当たってみよう」

「へい」

伊十郎は大番屋を飛び出した。

二

伊十郎と松助は両国橋《りょうごく》を渡った。川風がひんやりした。

ひょっとして、この殺しの探索如何《いかん》によっては、荷崩れ事件の真相を探るとっかかりになるかもしれず、伊十郎の足は夜鷹の住む本所吉岡町《ほんじょよしおかちょう》に急いだ。

柳原の土手は夜鷹が出没する場所であり、したがって夜鷹目当ての客も集まって来る。何か目撃しているかもしれない。

両国橋を渡り、回向院《えこういん》の脇を通り、亀沢町《かめざわちょう》に出る。それから、御竹蔵《おたけぐら》の裏を行き、南割下水《わりげすい》を過ぎた。

石原町《いしわらちょう》の手前を右に折れ、横川のほうにまっすぐ進む。武家地を抜けると、ようやく、吉岡町になる。隣の吉田町《よしだちょう》とともに、夜鷹が住んでいる所だ。

夜鷹は夕方になると白粉《おしろい》を塗りたくって手拭《てぬぐ》いをかぶり、莚を小脇に抱えてそれぞれの稼ぎ場所に出かけて行くのだ。

　夜鷹が住む一帯に入る。日用雑貨などを売っている店の前を通り、伊十郎は目当ての場所に向かった。

　傾きそうな長屋の路地を入る。女たちがこっちを見ている。物干し竿《ざお》に洗濯物が干してある。

「旦那。どこまで行くんですかえ。みんな、じろじろ眺めていますよ。だいじょうぶなんですかえ」

　松助は気後れしているようだ。

「何がだ？」

「あっしたちみたいなものが、こんなところにやって来て」

「心配するな。ほら、そこだ」

　伊十郎は破れ障子の戸を開けた。

「おぎん。いるか」

　暗い中から、女が出て来た。色の浅黒い、皺《しわ》の目立つ四十は過ぎていようかという女だ。

「井原の旦那かえ。そろそろ来る頃だと思っていたよ」

おぎんは気さくに応じる。

「なに、俺が来るのがわかっていたというのか」

「だって、柳森神社の近くで殺しがあったんだろう。旦那のことだ。あたしたちに聞き込みに来るとは察しがつこうというものだわさ」

黄色い歯ぐきを見せて、おぎんは笑った。

「そうか。さすが、おぎんだ。話が早い。すまねえが、ゆうべ、あの界隈《かいわい》を流していた女に会いたいんだ。ちと調べてもらいたい」

「旦那。もう、わかってますよ」

「わかる?」

「だって、旦那が来ることがわかっているんだ。用件もわかっている。だったら、手間を省いてやろうと思ってね」

おぎんはいたずらっぽく笑った。

「おたまさん。ちょっと」

おぎんは洗濯物を干している女を呼んだ。

おたまと呼ばれた女がやって来た。

「この妓《こ》が変な一行を見ていたそうだよ。おたまさん、話しておやり」

「はい」

　おたまという女が顔を向けた。ずいぶん若作りをしているが、三十近いように思える。

「ゆうべ、五つ（午後八時）過ぎでした。私がお客さんと別れて、柳森神社から引き上げようとしたら、長持《ながもち》を担《かつ》いだ三人連れがやって来て、神社の裏に向かったんです。あそこで死体が見つかったと聞いて、そのことを思いだしました」

「三人というと？」

「長持を担いだ男ふたりと、お侍さんがひとり。でも、すぐに引き返したようで、途中で追い越していきました」

「その侍たちはどっちのほうに行った？」

「和泉橋を渡って行きました」

「和泉橋を渡った？」

　下谷《したや》方面にはいくつかの大名の上屋敷や下屋敷が存在する。その中のいずれかの家中《かちゅう》なのだろうか。

「何か特徴はわからなかったか。長持の紋は見えなかったか」

「ええ、暗いので」

おたまは首を横に振った。

「何か、言葉を発していたか」

「いえ、何も」

それ以上は、何もわからないようだ。しかし、手掛かりにはなった。

「いや、参考になった。礼を言う」

「旦那。早く、下手人を捕まえてな。でないと、客が寄りつかなくなりますからね」

おぎんが口をはさんだ。

「わかった。期待に添えるようにしよう」

夜鷹の住む一帯から出ると、松助が不思議そうにきいた。

「いまのおぎんって女も商売に出ているんですかえ」

「ああ。白粉を濃く塗って皺を隠してな。暗いところなら三十前に見えるだろう」

「へえ。男は化かされますねえ」

「あの女たちも一生懸命に生きているんだ。みな、気立てのいい連中だ。おぎんだって、昔はいい女だった」

伊十郎はふとおぎんとはじめて会ったときのことを思いだした。十五年以上前のことだ。元服したての頃、夜鷹を買いに柳原の土手に行った。そこで、声をかけられたのがおぎんだった。

おぎんは伊十郎になんでも教えてくれた。女のよさもずるさも。そして、底辺に生きる者たちの悲しみも……。

両国橋を渡り、小屋掛けの芝居や楊弓場《ようきゆうば》、茶店などで賑《にぎ》わっている両国広小路《ひろこうじ》を過ぎて、柳原通りに入った。

「辰三親分たち、何かわかったでしょうかね」

松助が王子村に行っている辰三に思いを馳《は》せた。

「どうだかな」

期待は出来ないと、伊十郎は半ば諦《あきら》めている。おしのの実家が王子村にあるというのも疑わしい。

伊十郎と松助は和泉橋を渡った。

神田佐久間町を過ぎると、藤堂和泉守《とうどういずみのかみ》の上屋敷になる。そこの角に辻番所《つじばんしょ》がある。伊十郎はそこに寄った。

「ゆうべ、五つ過ぎ、ひとりの武士と長持を担いだふたりの男がこの道を通りませんでしたかえ」

「いや、見なかった」

実直そうな辻番がすぐに答え、奥にいる男にも確かめた。奥の男も首を横に振った。

行きか帰りかどちらかで見かけなかったかという問いに対しても、

「和泉橋からやって来るのも、和泉橋に向かうのにも、そのような一行はいなかった」

と、辻番ははっきり言った。

「ただ、三十年配の武士がひとり通っただけです」

「どんな顔か覚えていますか」

「長い顔でした」

ひとりでの行動なら無関係だろうが、その武士が一行を見ている可能性があった。

「その武士がどこのご家中かわかりませんね」

「わかりません」

辻番所を離れ、その先にある辻番所でも同じことをきいたが、答えは同じだった。そういう一行は見ていないということだった。

「旦那。こいつはいったい、どういうことでしょうか」

松助は首をひねって、

「まさか、夜鷹が嘘をついたか」

「いや、そんなはずはない。橋を渡ったあと、曲がったのだ。侍がいたというからてっきりこの界隈の屋敷だと思ったが」

伊十郎と松助は引き返した。

和泉橋の袂《たもと》に戻った。一行はどっちへ行ったのか。大川のほうに行けば、途中大番屋がある。

湯島《ゆしま》、本郷のほうだと考え、大川とは反対方向に歩きはじめた。

この道なら夜は真っ暗だ。ひと目に隠れて、進むことが出来そうだ。

途中、筋違《すじかい》橋の手前で、数人の男がたむろしていた。家主らしい貫禄《かんろく》の男や若い男もいた。

松助が飛んで行った。

「どうしやしたね。何かあったんですかえ」

「どうもこうもありませんぜ。ゆうべ、ここで火を使った奴がいるんですよ。何か燃やしやがった」

伊十郎は聞きとがめた。

「燃やした？」

「へえ。ゆうべ、あっしが夜回りしようと木戸番屋を出たら、川のほうで炎が見えたんです。あわてて駆けつけたときには、火は小さくなってました。すぐに燃え尽きたようですが、とんでもねえいたずらをする奴があったもんです」

木戸番の番太郎らしい若い男が憤慨する。

「何刻のことだ？」

「五つ半（午後九時）ごろでしょうか」

「何を燃やしたかわかるか」

「いえ。ほとんど燃え尽きてしまったようですから」

「場所は？」

「ここです」

伊十郎は番太郎が指さした場所を見た。

確かに何かが燃えた痕跡《こんせき》があった。伊十郎はしゃがんで辺りを見る。そして、金具を見つけた。

「旦那。そいつは？」

「長持の棹《さお》を通した金具に違いない。燃えずに残ったのだ」

「そうか。奴ら、邪魔な長持を燃やして手ぶらで帰りやがったのか」

松助が舌打ちした。

家主や番太郎が怪訝《けげん》そうな顔で見ていた。


夕方、思案橋の袂にある『おせん』に行った。まだ、辰三たちは来ていなかった。

小上がりのいつもの場所に腰を下ろした。

「旦那。いらっしゃいませ」

おせんはそう言ったが、目を合わせようとしない。態度がどうもよそよそしい。隠し子のことだと察したが、こっちから説明するのも煩《わずら》わしく、黙っていた。

「女将《おかみ》さん。お酒を頼みます」

伊十郎が何も言わないので、松助が女将に声をかけた。

「旦那。奴ら、用心深いですね。夜鷹に見られたことに気づいたんでしょうか」

「いや。最初からそうするつもりだったのに違いない」

伊十郎が答えたとき、おせんが酒を運んで来た。いつもなら酌をしてくれるのだが、きょうはすぐに下がった。

松助がきょとんとした顔をしている。

「手酌だ」

伊十郎は徳利《とっくり》を摑《つか》み、自分で酒を注《つ》いだ。

松助も手酌で呑《の》む。

「旦那。これで『小牧屋』の卯平を助けられそうですかえ」

「もう少し、はっきりした証拠が必要だ。だが、見込みはある」

「へえ。なんとかしてやりてえですね」

ぐいと猪口《ちょこ》を空にしてから、

「でも、帰りは長持がなくなってますが、行きは長持を担いで来たわけですからね。聞き込みをかければ、どっかで引っかかるんじゃありませんかえ」

「そうだといいが」

伊十郎はなんとなく悲観的になっていた。

「奴ら、わざと遠回りをして現場にやって来たような気がする」

「そうなると、隠れ家を見つけるのは難しそうですね。でも、明日は辰三親分と貞吉と手分けをして長持の一行の手掛かりを探します」

「そうしてもらおう」

「それにしても、辰三親分は遅い……」

松助の声が途中で止まった。

戸口に、辰三と貞吉が現れた。

「旦那。遅くなりました」

辰三の顔に疲れが見えた。

「ごくろう。まあ、座れ」

「女将さん。お酒」

松助が追加を頼んだ。

「旦那。申し訳ありません。何もわかりませんでした」

辰三が頭《こうべ》を垂れた。

「いや。何もわからなかったことが、おしのの嘘を物語っている」

「へえ。王子村におしのという女が住んでいたという形跡はありませんでした。庄屋《しょうや》に当たったり、若い娘のいる百姓家を訪ねてみましたが、おしのらしい女に誰も心当たりはありませんでした」

「それが確かめられただけでも収穫だ」

「そう言っていただけると、疲れがとれます」

「貞吉もごくろうだった。さあ、呑め」

伊十郎は辰三の横で畏《かしこ》まっている貞吉に酒を勧めた。

「旦那。来る途中で小耳にはさんだんですが、殺しがあったそうですね」

辰三が改まってきいた。

「殺されたのは、『小牧屋』の荷崩れで死んだ男の喧嘩相手だ」

「なんですって。そいつはほんとうですかえ」

意外そうに、辰三は目を見開いた。

「殺されたのはきのうの夜。他の場所で殺され、柳森神社の裏に捨てられていた。夜鷹が長持を担いだふたりの男と侍を見ていた」

「侍ですって?」

「そうだ。どうやら、今度の件は武士が絡んでいる」

伊十郎は松助に目顔で、あとを説明するように言った。

松助は頷《うなず》いてから口を開いた。

「その長持の一行のあとを辿《たど》ったがわからなかった。ところがだ、長持が燃やされていたことがわかったんだ」

「燃やされた？」

　辰三が驚いたようにきいた。

「そうなんだ。奴らは、途中で長持を燃やして逃げた。目立つものを処分して引き上げたんだ」

　松助はさらに続けた。

「それより、殺された男には拷問を受けたような跡があった」

「拷問？」

「顔も腫れて、体中に蚯蚓腫れが出来ていた」

「仕返しでしょうか。それとも何かをききだそうとしたんでしょうか」

「何かをききだそうとしたんだ。仕返しなら、柳原の土手で襲撃してもいい。どこかの武家屋敷の中に連れ込み、拷問を加えたのだ。何かをききだすためだ」

　伊十郎は厳しい顔で、

「だが、殺された男は喋《しゃべ》ってないような気がする。根拠はない。強《し》いて言えば、殺された男の顔だ。拷問に負けたような後悔の念は見られなかった。もっとも、そうあって欲しいという俺の願望かもしれないがな」

　そう思うのも、殺された男は『小牧屋』の卯平を助けようとしていたと考えられるからだ。ある信念のもとに動いていたような気がする。そんな男が拷問に負けるはずがないと思った。

いったい、何をききだそうとしたのか。

「『小牧屋』の荷の下で死んでいた男とのことも単なる喧嘩ではない。拷問の件と関わりがあるはずだ」

そのとき、例の物貰いのことを思いだした。あの物貰いは殺された男から金をめぐんでもらったという。

だが、それだからといって、死に顔を確かめるほどに興味を示すだろうか。それほど、たくさんもらったのか。

「旦那。どうかしましたかえ」

急に黙りこくった伊十郎に、松助が不審そうにきいた。

「物貰いだ」

「えっ、物貰い？」

「今朝の物貰いだ」

「物貰いってなんですね」

辰三が口をはさんだ。

「殺しの現場を見ていた野次馬の中に物貰いの男がいた。その物貰いが熱心に死体の顔を見たがった。わけをきくと、たんと金をめぐんでくれた男に似ていたからと答えた」

「で、どうだったんです？」

「金をめぐんでくれた男だった」

伊十郎は思いついたことを口にした。

「いくらめぐんでもらったかしらないが、相手のことがあんなに気になるものか。顔を確かめたいと思うのか」

「ええ、確かに」

辰三は頷いた。

「それに、ホトケの顔を見て表情が変わった。どうも、金をもらっただけの関わり合いとは思えない」

「と、言いますと？」

「わからねえ。ともかく」

客が入って来たので、伊十郎はさらに声を落とし、

「明日は手分けして、長持がどこを通って現場に運ばれたかを調べるんだ。俺は

物貰いを問い詰めてみる」

「へい。わかりました」

辰三は応じた。


屋敷に帰ると、おしのの姿がなく、半太郎がおしのの部屋で赤子をあやしていた。

「どうしたんだ?　おしのは?」

「用があるからと外出されました」

「なに、外出だと?」

伊十郎ははっとした。

「まさか」

「えっ、なんでございますか」

「出かけたまま帰って来ないのではあるまいな。赤子を押しつけたまま」

「違います。さきほど、弥助さんがお見えになり、いっしょに出て行きました」

「弥助が?」

下男だった男だ。

惜しいことをした。弥助を問い詰めたかった。

「弥助はどんな男だ？　年格好は？」

「三十年配の中肉中背で目の大きな男です」

「そうか」

吾作の話と一致する。

「旦那さま。もう、そろそろやさしい言葉をかけてあげたらいかがですか。あのおしのどのは気立てがよく、旦那さまにはいいお相手だと思いますよ」

「半太郎。おまえがもらったらどうだ？」

伊十郎はおしのに肩入れをしている半太郎に皮肉をきかせた。

「な、なにを仰《おつしや》いますか。ば、ばかなことを」

「半太郎、そなたは大きな間違いをしているのだ」

「まだ、そのようなことを。たまには我が子を抱いてあげたらいかがですか」

「もういい」

疲れるだけだと、伊十郎は半太郎と話すのを打ち切った。

何か言いたそうだったが、伊十郎は半太郎から逃げるように庭に出た。

(百合どの)

急に胸が切なくなって、伊十郎は覚えず天を仰《あお》いだ。このまま、百合との仲が終わってしまうなんて耐えられない。伊十郎は焦り、いらだち、気が狂いそうになるが、どうすることも出来ない。

いきなり、赤子が泣きだした。

なかなか泣きやまない。

「おい、半太郎」

返事がない。

「誰かいないのか」

誰も出て来る者はいない。舌打ちして、伊十郎は濡縁《ぬれえん》に上がり、赤子が泣いている部屋に行った。

ますます、激しくなる。困惑しながら、伊十郎は赤子の顔を覗き込んだ。顔をくしゃくしゃにして泣いている。

「これ、泣くではない」

伊十郎は赤子の頬《ほお》を指で触った。ふわふわして柔らかい。これが赤子というものかと、不思議な思いで見ていると、いつの間にか泣き声が止《や》んでいた。

「おっ、泣き止んだ。泣き疲れたのか」

伊十郎は顔を近づけた。すると、赤子が口を開けて笑った。声は出ないが、笑っている。伊十郎はうれしくなって、

「おもしろいか。どんな顔が好きだ？」

と、口を尖らせたり、目をつぶったり、手で自分の顔を隠したりした。そのたびに、赤子が口をいっぱいに開けて笑った。

伊十郎は時が経《た》つのを忘れ、赤子をあやしていた。

ふと、気がつくと、背後におしのが立っていた。

「おう帰ったか」

伊十郎はばつが悪そうに赤子から離れた。

「申し訳ございませんでした」

おしのが赤子のそばに駆け寄った。

伊十郎は部屋を出ようとしたが、おしのの顔色が悪いことに気づいた。

「何かあったのか」

伊十郎は赤子をあやしていた締まりのない顔から真顔になってきいた。

「いえ、なんでもありませぬ」

「弥助が来たそうだな。どんな用だったのだ？」

「私の様子が心配で様子を見に来てくれたのです」

「いま、弥助はどこに住んでいるのだ?」

「わかりません」

「そなた、何を隠しておる?」

「何も」

おしのは蒼白《あおじろ》い顔で答えた。

「そうか。わかった」

これ以上、話し合っても無駄だ。同じことの繰り返しになる。

伊十郎は自分の部屋に戻った。

弥助がやって来て、おしのは出かけて行った。そして、おしのは顔色を悪くして帰って来た。

何かあったのだ。おしのの心の内はまったくわからない。おとなしそうな顔をしているが、確固たる信念のもとに動いている。何が、おしのをそこまで強くしているのか。

だが、おしのに対していらだっていた気持ちも、さっきの赤子の笑顔を思い出すと急に明るくなった。

いったい、あの赤子の父親は誰なのか。伊十郎はそのことが重大なことに思えて来た。

三

翌日は朝から、辰三に貞吉、そして松助は、長持の一行の目撃者を探しに聞き込みに走った。

伊十郎は浜町堀の周辺を歩いた。

松助が「奴なら浜町堀のほうに行けば会えると思います」と言ったからだが、時間が早いせいか、橋の袂に物貰いの姿はなかった。

通りには商人や職人、僧侶《そうりょ》、行商人、武士、それに大道芸人などいろいろな人間が行き来している。それらの中に、ふらふらと歩いていないかと眺めたが、やはり物貰いはいない。

せっかくここまで来たのだからと、おふじの家に行くことにした。

『小牧屋』の脇を通り、おふじの家にやって来た。

格子戸を開けると、土間に男物の草履《ぞうり》があった。弟子が来ているのかと思って、声をかけるのを躊躇《ちゅうちょ》した。

　お光が奥から出て来た。

「井原さま。いらっしゃいまし」

「もう稽古《けいこ》がはじまるのか」

「いえ、お弟子さんではありません。絵師の英才先生です」

「なに、英才が?」

　その声が聞こえたのか、おふじの声がした。

「旦那。こちらにどうぞ」

　腰から外した刀を右手に持ち替えて、伊十郎は部屋に上がった。

　居間に行くと、英才がまん丸い目を伊十郎に向け、あわてて会釈《えしゃく》をした。

「英才。何をしているのだ?」

　伊十郎はそばにあぐらをかいてきいた。

「はい。師匠を描かせていただきたいとお願いしていました」

　英才は弾んだ声で言った。

「『ほたる火』じゃありません。三味《しゃみ》線《せん》を弾く師匠の姿を浮世絵に」

「冗談じゃありません。いやですと、さっきから何度もお断りしているんですよ」

「師匠。そんなこと言わずに、ぜひお願いいたします」

英才はすがりつくように訴えた。

「いやです。お断りいたします」

おふじはぴしゃりと言う。

「そんな。きっと、江戸中の評判になります。笠森お仙に負けない、いえそれ以上の騒ぎになります」

「おい、英才。師匠はいやだと言っている。それに、江戸中の評判になることなど、望んではない」

「ええ、そうですよ。私はしがない音曲《おんぎょく》の師匠で十分。江戸中の評判になりたいなんて、ちっとも思っちゃいませんよ」

「評判になって、弟子のなり手が殺到したら、師匠も困る。英才、諦めることだ」

「そうですよ。それでなくても『ほたる火』の絵のおかげで、ひと目顔をみようっていう男のひとたちが家の前をうろつくようになっちまったんですからね」

おふじは迷惑そうに吐き捨てた。

「私は絵師として師匠を描きたいんです」

「お断りいたします。これ以上、何を言っても、無駄です。お引き取りくださいな」

「英才。諦めるんだ。他にもいい女がいるだろう。そっちを当たれ」

「へい」

英才は力なく頷いた。

まるで、処刑場に連れて行かれるように悄然《しょうぜん》と立ち上がり、英才はお光に見送られて引き上げて行った。

「おふじ。とんだ災難だったな」

「ほんとうに」

おふじはため息を漏らした。

「旦那。まだ、赤子はお屋敷にいるんですかえ」

茶をいれながら、おふじがきく。

「相変わらずだ。追い出すわけにもいかず、それどころか、周囲は女の味方だからどうしようもない」

伊十郎は憮然《ぶぜん》として、

「百合どのとも、その後何もない。このまま終わってしまったら……」

と、泣きそうになった。

「旦那。だいじょうぶですよ。百合さまだって、ばかじゃありません。隠し子がいるのに、結婚を申し込むようなひとではないことを、百合さまはわかっていらっしゃいますよ」

「どうかな」

　伊十郎は自信がなかった。

「なんですね。旦那らしくもない。百合さまを信じなさいな」

「いや。おめえは百合どのを知らないから、そう言うのだ。百合どのは権高《けんだか》なお方だ。俺のことなど、それほど眼中にない。ただ、二度の出戻りで、世間体もあるから無難な相手として俺を選んだだけだ。俺のことなど、そんなに思ってはいないのだ」

　伊十郎はついすねたような口振りになった。

「旦那。それは旦那の思い違いですよ。同じ女として、私にはわかります。百合さまだって、旦那がとても頼れるお方だからこそ、妻になる決心をしたのだと思います。百合さまのようなお方は世間体など気になさいませんよ」

「そうかな」

「そうですとも。さあ、お茶が冷めてしまいますよ」

「すまねえ」

伊十郎は湯呑みを摑んで茶をすすった。

「また、おめえになぐさめてもらったな。なんだか、元気が出て来たぜ」

「そうです。旦那が百合さまに信じてもらいたいなら、旦那も百合さまを信じてあげなくては」

「ああ、そうする」

茶を飲み干してから、伊十郎は立ち上がった。

「あら、もうお帰りですか」

「うむ。また、殺しがあってな」

「そうですか。旦那。百合さまを信じることですよ」

「ああ、わかった」

伊十郎はおふじに見送られて格子戸の外に出た。なんとなく、気分は楽になっていた。

浜町堀に出て、通油町のほうに向かう。弱々しい陽射《ひざ》しが堀の水に反射している。

通油町に近付くと、浜町堀にかかる緑《みどり》橋の袂に座って物乞《ものご》いをしている物貰いが目に入った。あのときの男に間違いない。

「ちょっといいかえ」

伊十郎は物貰いの前に立った。

物貰いは気だるそうに髭面を上げた。そして、伊十郎に気づくと、一瞬目が泳いだ。

「殺された男のことだ」

伊十郎は腰を落として髭面を見つめた。

「へい」

「男に金をめぐんでもらったと言っていたな。どこでもらったのだ？」

「えっと、米沢町《よねざわちょう》です」

答えまで間があった。

「きのうは須田町と言ってなかったか」

物貰いははっとしたようにびくっとした。

「どうなんだ？」

「へい」

「へいじゃねえ。ほんとうのことを言うんだ」

伊十郎は大声を出した。

「おまえ。単に金をもらっただけではあるまい。それだけで、あんなにホトケに興味を持つのはおかしい。どうなんだ」

「…………」

「さあ、正直に話してみろ」

物貰いは大きくため息をついた。

「へえ、言います。どうせ、あいつはいないんだから」

「あいつ？　殺された男のことか」

「そうです。じつはあっしは見たんです」

「見た？　何をだ？」

「『小牧屋』の荷崩れ。あれは単なる喧嘩じゃありません」

物貰いの男が言い切った。

「なんだと。おまえは、その場にいたのか」

伊十郎は男に迫った。

歯が欠け、皺も多いが、そんな年寄りではない。

「へえ。あの夜、堀のそばにいたんです。そしたら、男の争う声がした。それで、そのほうを見たら、ふたりの男がもみあっていました。そのうちにひとりの男が木刀で男を殴ったんだ」

「なに、木刀だと？」

「そうです。木刀でした」

この男の話に嘘はないと思った。

「それで、どうした？」

「へえ。殴られた男は積荷の下に倒れました。そのあとで、殴ったほうの男は倒れた男の懐を探って何かをとりました。それから、男は積荷の縄を引っ張って荷崩れを起こしたんです」

「おまえはずっと見ていたのか」

「そうです。見てました。でも、男に気づかれてしまいました」

「おまえを威《おど》したのか」

「そうです。その男があっしの前にやって来て木刀を鼻先に突き付け、いま見たことを誰にも言うな。言ったら、殺すと」

「そうか。男に威されたか」

伊十郎はその光景を想像した。

「いえ、それだけではなくて、金をくれました。二分《ぶ》も。ですから、誰にも言わずにいたんです。そしたら、あの男が殺されたんでびっくりしました」

「その男を、その後、見かけたことはあるか」

「へい。須田町で見かけました。あっしが道端に座っていたら、目の前を通って行ったのです。連れがいました」

「連れだと？」

「へい。三十年配で中肉中背の男でした。でも、顔ははっきり覚えちゃいません」

「その他、その男について気づいたことはなかったか」

「いえ。ありません。あっ」

物貰いの男は何かを思いだしたようだ。

「連れの男の足首に一寸（約三センチ）ほどの傷がありました。そう、確か左足の内側でした」

「左足の内側だな」

「そうです」

「よし、わかった。それから、場合によっては、お白州《しらす》でいまのことを話してもらうかもしれぬ」

「えっ、お白州ですって」

物貰いの男は尻込《しりご》みをした。

「おまえの言葉で、『小牧屋』の主人が助かるかもしれぬのだ。いまのことを正直に話してくれればいい」

「わかりました」

「名前は？」

「伝助《でんすけ》です」

「よし。いつもこの辺りにいるのだな」

「はい。さようで」

伊十郎はその場から離れ、柳森神社へ向かった。


柳原通りを突っ切り、土手に向かう。

この辺りには葦簾《よしず》張りの古着屋や古道具屋などが軒を連ねている。商品を売るだけで、ひとの住まない床店《とこみせ》なので夜は誰もいない。

柳原の土手を柳森神社へ向かっていると、和泉橋を渡って来た辰三と貞吉に出会った。

「旦那」

ふたりが駆け寄って来た。

「本郷まできいてまわりましたが、長持を担いだ一行を見た者は誰もいませんでした。いつも筋違橋《すじかい》の袂に出ている夜鷹蕎麦《そば》のおやじの家に行き、訊《たず》ねましたが、そんな一行は通らなかったということです」

まず、辰三が報告したあと、貞吉が口を開いた。

「あっしは八辻ヶ原《やつじはら》から先の小川町《おがわちょう》のほうまで行ってみましたが、やはり長持の一行を見たものはいません」

「そうか」

「もう一度、夜に改めてきいてまわろうと思ってます」

辰三が付け加えた。

「わかった」

そこに、新《あたら》シ橋のほうから松助が走って来た。

「わかりました。新シ橋付近の柳原通りを通って行く長持の一行が目撃されていました」

「なに、そっちからか」

長持の一行が引き上げて行った和泉橋のさらに先である。

「ところが、その先がわからねえ。その先、どこから来たのか、誰も見た者はいないんです。郡《ぐん》代屋敷前にある辻番所では長持の一行を見ていないんです」

「するってえと、町のほうから来たってことか」

「ですが、木戸番も気づいちゃいねえ」

「なあに、じっくり聞き込みをかければ、誰か見ているはずだ」

辰三が口を入れた。

「よし。ともかく、長持の一行が目撃されたところまで行ってみよう」

伊十郎は土手をおり、柳原通りに入り、浅草御門のほうに向かった。

この道を長持を担いでやって来たのかと、当日の夜のことを想像しながら、伊十郎は先を急いだ。

新シ橋の袂までやって来て、

「この先で、夜鷹買いの男が長持の一行を見てました」

と、松助が言った。

「その男はこっちの方角からやって来たって言っているんです」

松助は浅草御門方面を指さした。

「でも、その先の郡代屋敷前にある辻番所では見ていないんです。で、町屋のほうにききまわったんですが」

「なるほど。長持の一行はこの辺りで急に現れたってわけか」

伊十郎は辺りを見回した。土手下には古着の床店《とこみせ》が並んでいる。そのほうに目をやったとき、数人の男が騒いでいるのを見つけた。

大八車を引っ張りだしていた。何か引っかかるものがあって、伊十郎はそこに向かった。辰三たちもついて来る。

「どうしたんだ?」

伊十郎は古着屋の主人らしい男に声をかけた。

「あっ、旦那。いえね、どうもこうもねえんで。こんなところに大八車を置いていった奴があるんですよ」

目の細い丸顔の主人は顔をしかめた。

「いつからだ」

「気がついたのはさっきです。ただ、あっしはきのうは風邪で寝込んで店を休んだので、いつからあったかわかりません」

「辰三」

「へい」

伊十郎は隣の店に確かめに行かせた。

辰三が戻って来た。

「きのうからあったそうです」

「そうか。ちょっと大八車を見せてくれ」

伊十郎は大八車に近付いた。

「だいぶ使い古されているな」

「へえ。どこにも持主がわかるようなものはありませんね」

辰三は大八車の周囲を見回した。

「おや、旦那。ここに、名前が書いてありました」

辰三が梶棒《かじぼう》の真ん中に目を近づけて言った。

伊十郎も覗く。確かに、消えかかっているが、かろうじて『八百福《やおふく》』と読めた。

「『八百福』という店のものだ。おそらく、八百屋だろう」

伊十郎は床店の主人に、

「この大八車は盗まれてここまで運ばれたようだ。持主も探しているだろう。とりに来るまで、邪魔にならぬところに置いておいてくれぬか」

「へえ、とりに来てくれるなら、構いません」

主人は素直に答えた。

そこを離れてから、改めて伊十郎は言った。

「あの大八車に長持を載せてここまで運んで来たのだ。『八百福』を探せ。死体が運び出された場所の見当がつく。俺はいったん奉行所に戻る。屋敷で会おう」

「へい」

お互いに聞き込みの場所を決めて、辰三たちは散って行った。

大八車を見たものを探し出せば、案外と早く『八百福』も見つかるような気がした。

四

伊十郎は柳原通りから奉行所に戻った。

門の横にある同心詰所に入ると、芝方面を縄張りとしている稲毛《いなげ》伝次郎《でんじろう》が茶を飲んでいた。

「おう、伊十郎」

稲毛伝次郎が何か言いたそうに近付いて来た。

「佐平次が心配していた。子どものことだ」

伊十郎は苦笑して言う。

「佐平次に伝えてください。俺に隠し子がいるように思えるかと」

「いや。佐平次が心配しているのは、そのことではない。佐平次は、井原の旦那に隠し子がいるなんてあり得ないと言っていた。仮に子どもが出来たら、ちゃんと責任はとるはずだとな」

「佐平次が？」

覚えず、胸の辺りに熱いものが広がった。

「佐平次が言うには、女が赤子を連れて来たのは井原の旦那を困らせるためではない。井原の旦那に救いを求めに来たのではないかということだ」

「俺に救いを？」

伊十郎は小首を傾《かし》げた。

そうであれば、おしのははっきりそのことを言うはずではないか。そう思ったが、伊十郎はあえて反論しなかった。

「佐平次の言葉、心に留めておくと伝えておいてください」

「わかった」

伊十郎は見習い同心に、

「高積見廻り与力の佐川平太郎さまがいらっしゃれば至急お会いしたいと都合をきいてきてもらいたい」

と、頼んだ。

「畏まりました」

見習い同心が奉行所の母屋に向かった。

「例の荷崩れの男の身許、やはりわからないようだな。いまだに誰も名乗り出ないのは妙だ」

伝次郎が話しかけてくる。

伝次郎も縄張り内の芝口河岸《しばぐちがし》に行き倒れや、水死人、迷子などがあった場合には、年格好や服装などを書いた立て札を立てることがあった。そこにも、荷崩れの下敷きになった男の特徴を書いて貼《は》りだしてあった。

だが、そこにも反応はなかったのだ。

「ええ。そのことで、ちょっとした動きがありました」

「なに、動きが」

「はい」

伊十郎が簡単に説明をはじめようとしたとき、さっきの見習い同心が戻って来た。

「佐川さまはすぐに来て欲しいとのことです」

「わかった」

伊十郎は伝次郎に顔を向けた。

「申し訳ありません」

「いや、構わん」

伝次郎は鷹揚《おうよう》に言った。

伊十郎は同心詰所を出てから石畳を踏み、奉行所の母屋の玄関に向かった。

広い式台を上がり、廊下を行き、与力部屋に顔を出した。

佐川平太郎がすぐに立ち上がって来て、空いている小部屋に伊十郎を連れて行った。

「佐川さま。少しわかったことがございます」

差し向かいになるなり、伊十郎は挨拶《あいさつ》もそこそこに切り出した。

平太郎は身を乗り出すようにした。

「まず、荷崩れ事故を目撃していた者がおりました」

「なに、まことか」

「はい。あの付近をうろついている伝助という物貰いです」

「物貰いとな」

「物貰いといっても信用出来る男です。伝助によると、ふたりの男が争い、ひとりの男が相手の男を木刀で殴った。そして、男が倒れたあと、殴った男が荒縄を引っ張り、わざと荷崩れを起こさせたということです」

見る見るうちに平太郎の顔が紅潮してきた。

「では、小牧屋卯平の一方的な過失ではないのだな」

「はい。もっとも、あそこに荷を積んであったために利用されたのですから、そのお咎《とが》めは受けねばなりますまい。ですが、少なくとも遠島というお沙汰《さた》は重すぎまする」

「よし。もう一度、お裁《さば》きをやり直してもらうように高木さまにも申し上げよう」

「お願いいたします。それより、この件は奥が深そうでございます」

伊十郎はさらに続けた。

「殴った男が、きのうの朝、柳原の土手で死体となっておりました」

「なに」

平太郎は唖然《あぜん》とした顔になった。

「はっきり言えることは、あれは荷崩れ事故ではないということです。いま、探索を進めておりますが、武士が絡んでいるようです」

「武士とな。面倒な事件になりそうだな」

「はい。では、どうか卯平の件をよろしくお願いいたします」

「よし。これから、高木さまにお会いして来る」

高木文左衛門は筆頭与力であり、ある意味、お奉行よりも奉行所内では力がある。

与力部屋を辞して、同心詰所に戻ると、すでに稲毛伝次郎は引き上げたあとだった。


その夜五つ過ぎに、辰三たちがやって来た。

伊十郎は濡縁に出た。庭先に立った辰三が、

「見つかりました。『八百福』は稲荷町《いなりちょう》にある八百屋でした。きのうの朝、大八車がなくなっているのに気づいたそうです。一昨日の暮六つに店を閉めるときに

は路地に間違いなくあったそうです」

「新堀《しんぼり》川沿いを蔵前《くらまえ》に向かって行く大八車を何人かが見てました」

松助が辰三の話を引き取った。

「そうか。どこかで大八車に長持を載せ、蔵前から浅草御門を抜けて、柳原通りに入ったというわけだ。やはり、下谷界隈のどこかの武家屋敷が怪しい。上屋敷より中屋敷、下屋敷のほうが考えられるが」

家来や奉公人が大勢いる上屋敷より、ひとの少ない中屋敷のほうが拷問をするにしても他の家来に気づかれないかもしれないと思った。だが、それは、その屋敷の一部の人間だけが殺人に関わっていた場合だけである。屋敷全体が関わっているとしたら、上屋敷だろうがどこでも関係ない。

「よし。明日は下谷から浅草にかけての武家地を調べるのだ。屋敷を出るときは長持で運んだか、最初から大八車を使ったか」

伊十郎は明日の手筈《てはず》を整えたあとで、

「物貰いの伝助は殺された男が三十ぐらいの中肉中背の男と歩いているのを見ていた。顔ははっきり覚えていないが、左足の内側に一寸ほどの傷があったそうだ。このことを頭に入れておいてくれ」

「わかりやした。じゃあ、旦那。あっしらはこれで」

「うむ。ごくろうだった」

辰三と貞吉は引き上げて行った。

「じゃあ、あっしも」

小者の松助は自分の長屋に引き上げた。

伊十郎はひとりになった。ふと、百合のことが思いだされた。いまごろ、どうしているだろうか。

おふじは百合のことを信じろと言うが、やはり会えないのでは不安が募る。せめて、言伝《ことづ》てでも高木さまに託したいが……。

無理だと、伊十郎は諦めた。本心かどうか、文左衛門は百合よりおしののほうを勧めるのだ。そんな文左衛門に託しても百合への言伝てが正しく伝わるかわからない。

おしのの魂胆はまだわからない。なかなか、本性を現さない。何か目的があるのなら、そろそろ行動に出てもよさそうだが、その気配さえない。

昼間、稲毛伝次郎から聞いた佐平次の言葉が蘇《よみがえ》る。

「女が赤子を連れて来たのは井原の旦那を困らせるためではない。井原の旦那に救いを求めに来たのではないかということだ」

おしのはほんとうに俺に救いを求めに来たのか。

しばらく濡縁に座っていたが、体が冷えて来たので部屋に戻った。

ふとんに入ったあと、佐平次の言葉がまた蘇った。よし、向こうが何も行動に移さないのであれば、こっちから動いてやろう。おしのをためすのだ。

伊十郎は体を起こした。そして、襖《ふすま》を開けた。暗い部屋のもうひとつ向こうの部屋でおしのと赤子が就寝している。

伊十郎はその部屋の前に立った。そして、そっと襖を開けた。

「おしの」

伊十郎は呼びかけた。

おしのは目を開けた。そして、すぐに起き上がり、襟元を直しながらふとんの上に正座をした。

有明行灯《ありあけあんどん》の微かな明かりはおしのの表情まで届かない。だが、おしのが身構えているのがわかる。

伊十郎はふとんの端に腰を下ろした。

「おしの。その赤子は俺とそなたの子だと申したな。俺は忘れていたが、そうなのかもしれない。では、そなたは俺の妻ということになる」

伊十郎は片膝《かたひざ》を立て、前に出た。

おしのが身を引いた。が、伊十郎はおしのの手をとり、ぐっと引き寄せた。あっと短く叫び、おしのは伊十郎の腕の中に倒れ込んだ。

「何をなさいますか」

おしのが小さく言った。

「何をする？　異《い》なことを。そなたは俺の妻も同然なのではないのか。ならば、いやがることはあるまい」

「お許しください」

「はて、妙な」

伊十郎はわざと不思議そうに言った。

「そなたの言葉を信じるなら、俺とそなたはすでに契《ちぎ》りを交わした仲ではないか。なにをいまさら拒むのだ。いやなら、そもそも屋敷へは来なかったはず」

そう言い、伊十郎は肩を抱き寄せた。おしのは顔をそむけた。

「誰かに操《みさお》を立てるつもりか」

「いえ、今夜はお許しを」

「今夜は？」

「はい。今夜は……」

「まだ、他人に肌を許す覚悟が出来ていないということか」

伊十郎はおしのの体を離した。

「おしの。そろそろ話してくれぬか。なぜ、俺のところにやって来たのか」

そのとき、赤子がぐずりだした。

「あやしてやれ」

伊十郎は立ち上がった。

おしのは急いで赤子を抱き上げた。

伊十郎は部屋を出た。赤子は泣き止んだ。


翌日は伊十郎も下谷、浅草方面の武家地を歩いた。辰三たちは手分けをして一帯の辻番所にきいてまわった。

そして、寺町に近い場所にある辻番所の番人が長持を担いだ一行を見ていたことがわかった。一行は新堀川方面に向かったという。

「用心をしてわざと反対方向に行き、遠回りをして、柳原の土手に向かったのだ」

さらに、三味線堀《しゃみせんぼり》のほうに向かった途中にある自身番では長持は目撃されていなかった。長持が出発した屋敷は徐々に絞られてきた。

伊十郎はいよいよ敵の本丸に近付きつつある手応《てごた》えを感じた。

ある大名屋敷の表門の前に差しかかった。中屋敷だ。

「どなたのお屋敷でしょうか。ちょっときいて来ます」

辰三が辻番所に走って行った。

伊十郎たちは表門から少し離れた場所に立った。辰三が戻って来た。

「有森壱岐守《ありもりいきのかみ》さまのお中屋敷だそうです」

「有森壱岐守というと確か信州の……」

七万石の大名だ。

果たして、有森家で何かが起こっているのだろうか。

「念のために、この屋敷から運び出されたと考えて、長持の行方を辿ってみるのだ。それから、中間《ちゅうげん》にそれとなく接触するんだ」

伊十郎は指図をしてから付け加えた。

「俺は奉行所に戻り、有森家について調べてみる。夕方、『おせん』で落ち合おう」

「へい、わかりやした」

『おせん』と聞いて、辰三の顔が明るくなった。

伊十郎は奉行所に急いだ。

大名家では、町で家来が何かしでかした場合に備え、お目溢《めこぼ》しや手加減をしてもらう狙《ねら》いから奉行所に付け届けをしている。中には奉行所だけではなく、目ぼしい与力にも付け届けをしている家もあった。

有森家も例外ではない。確か、高木文左衛門も有森家から贈物を受けていたのではないか。

奉行所に戻ると、伊十郎は当番方の若い与力に、高木文左衛門への取り次ぎを頼んだ。

玄関脇で待っていると、若い与力がやって来て、「どうぞ」と言った。

伊十郎は板廊下を年番方の詰所に向かった。が、若い与力は小部屋のほうに招じた。

「ここでお待ちを」

「はっ。畏まりました」

若いとはいえ、相手は与力である。伊十郎は深々と辞儀をした。

待たされた。ちゃんと話が伝わったのか、あるいは文左衛門はこっちを待たせているとことを忘れてしまったのか。

さっきから、廊下に足音がするが、この部屋の前で立ち止まる気配はなかった。四半刻（三十分）を過ぎると、伊十郎は落ち着いていられなくなった。様子を見に行こうとして腰を浮かせかけたとき、襖が開いた。あわてて、伊十郎は腰を落とした。

文左衛門が入って来た。伊十郎は平身低頭して迎え、文左衛門が座ったのを確かめてから顔を上げた。

「お忙しいところを申し訳ございません」

「公私のけじめをつけてもらわぬと困る」

「はっ。恐れ入りますが、何のことでございましょうか」

伊十郎は文左衛門が勘違いしているのではないかと思った。

「とぼけるな。百合どののことで、また何かを頼もうとするのであろう」

「違います。いま手がけている事件に関わりがあるかどうかわかりませんが、高木さまに教えていただきたいことがございます」

「いま手がけている事件とな」

文左衛門は疑わしそうな目をくれた。

「そのようなことなら、わしでなくともよかろう。やはり、事件の探索にかこつけて、百合どののことを持ちだそうとしているのであろう」

「百合どののことならば、お屋敷にお伺いいたします。まこと、いま手がけている事件のことでございます」

しばらく伊十郎の顔を見ていたが、

「さようか。で、何が聞きたいのだ」

と、文左衛門はようやく疑いを解いた。

「有森壱岐守さまのことでございます」

「壱岐守さまとな」

文左衛門は意外そうな顔をした。

「はい。浅草三味線堀の近くに有森家の中屋敷がございますね。あのお屋敷にはどなたがお住まいなのでございましょうか」

「隠居した壱岐守さまの尊父忠保《ただやす》さまがお住まいだ。それがどうした?」

「いえ。で、壱岐守さまはいまは江戸に?」

「いや。国元だ」

「有森家で何か騒動があるとかお聞きになったことはございませんか」

「いや。いまはない」

文左衛門は即座に否定した。

「いまはと仰いますと、以前に何か」

そのことがいまだに尾を引いているのかもしれないと、伊十郎はさらにきいた。

だが、文左衛門は不審そうな顔をした。

「伊十郎。有森家に何か不審でもあるのか」

「いえ、あくまでも参考のために」

「参考だと。その程度のことでは他家の内情を教えるわけにはいかぬ」

文左衛門は首を横に振った。

「じつは、死体の入った長持が有森家の中屋敷から運び出された可能性があるのです。いえ、確たる証《あかし》があるわけではありません。そのことで、有森家に何が起こっているか知りたかったのです」

文左衛門の顔色が変わった。

「死体の入った長持とは穏やかではない。詳しく話してみろ」

「佐川さまからお聞き及びかと思いますが、一昨日の朝、柳森神社の裏手で死体が見つかりました。調べますと、死体を長持で運んで来たことがわかりました。

その長持が運び出されたのが、有森家……」

「待て」

文左衛門はあわてて制した。

「そなたは何を言っているのかわかっているのか」

「わかっております。この件は、荷崩れ事故で遠島にされる小牧屋卯平の運命に関わっているかもしれません。どうか、そのことをお含みおきください」

伊十郎は一歩も引かずに言った。

しばらく伊十郎を睨《にら》み付けていたが、文左衛門は苦い顔をして口を開いた。

「いまは隠居されている忠保さまには正室の子以外に側室の子がいた。当然正室の子が跡を継ぐはずだったが、側室の子のほうが有能だったために家督争いの騒動が起きたのだ。いや、忠保さまは側室の子のほうを可愛《かわい》がっていた。そのために、お傍《そば》に仕える者たちが、忠保さまの心中を推し量り、側室の子を跡継ぎにしようと画策をはじめたのだ」

文左衛門は息継ぎをして続けた。

「そのため血なまぐさい騒動が起こったようだが、正室の子が跡継ぎとなった。現当主の壱岐守さまだ。側室の子は、その後、病気になり、お亡くなりになった」

「亡くなった？」

「病死だ。だが、そのことで勝手な憶測が乱れ飛んだらしい。側室の子は毒を盛られたのだという噂がまことしやかに流された」

「………」

「しかし、昔のことだ。いまは、いたって平穏と聞いておる」

「それはどなたのお言葉でございますか」

「江戸御留守居役《おるすいやく》の芝山半太夫《しばやまはんだゆう》どのだ」

「高木さまは芝山さまとは親しい間柄でございますか」

「うむ？」

「場合によっては、お引き合わせ願えませぬか」

「なに？」

「決して、高木さまのご迷惑になるような真似《まね》はいたしませぬ」

伊十郎は文左衛門に迫った。

「考えておこう」

いきなり、文左衛門は立ち上がった。

「伊十郎。一度、赤子を連れてまいれ。うちの奴がそなたの子どもを見たがっている」

「違います。あの子は」

「では、待っている」

一方的に言い、文左衛門は部屋を出て行った。

何を言ってもだめだと、伊十郎は絶望的になっていた。百合がどんどん手の届かないところに行ってしまうような不安に、覚えず悲鳴を上げそうになった。

第四章　刺《し》　客《かく》

一

　ふつか後、伊十郎は有森家中屋敷の表門を見通せる場所に立っていた。ここに来てから、半刻（一時間）ほどになる。

　だいぶ陽《ひ》が傾き、西陽が表門に斜めから射している。脇門が開いて、武士が出て来た。

「出てきました。あの侍です。伊丹豊四郎《いたみとよしろう》です」

　辰三が緊張した声を出した。

「なるほど、長い顔だ。歳《とし》も三十前後。藤堂家の辻番所《つじばんしょ》で聞いた人相と同じだ」

「ええ。死体を捨てたあと、和泉橋を渡ってから長持を担ぐふたりと別れ、あの侍だけがまっすぐ藤堂家の前を引き上げて行ったんですよ」

「辰三。お手柄だ」

伊十郎は讃《たた》えた。

「いえ、松助ですよ。松助が気づいたんです」

「そうか。松助か」

きのう出入りの者を見張っているとき、松助が顔の長い侍が出て来るのを見て、藤堂家の辻番所で聞いた武士のことを思いだした。それで、辰三が辻番所の番人に頼んで、門をいっしょに見張ってもらった。長い時間待たされたが、出て来た武士を見て、辻番の男は「あの夜に見かけた侍です」と答えたのだ。

「辰三。その辻番の男がただで協力してくれたわけじゃあるめえ？」

伊十郎は確かめた。

「へい。一分《ぶ》渡しました」

「そうか。あとで払おう」

「すいません」

辰三はうれしそうに応じた。

「よし、行くぜ」

伊丹豊四郎が三味線堀に向かう角を曲がってから、伊十郎たちは足早に追った。

向柳原《むこうやなぎわら》から神田川に向かう。少し離れて追って行く。新シ橋を渡り、柳原通りを突っ切った。

「どこに向かうんでしょうか」

辰三がつぶやく。

豊四郎は小伝馬町にやって来た。人通りが多いので、気づかれる恐れはなかった。豊四郎はうしろを気にすることもなく、街角にあるそば屋に入った。

「誰かと待ち合わせのようだ」

そう思い、戸障子の陰から中を覗《のぞ》いたが、小上がりの座敷に座った豊四郎の前には誰もいない。まだ、待ち合わせの相手が来ていないのか。

そば屋の戸口から離れてから、

「貞吉。おめえ、客として入れ。気取《けど》られるんじゃねえぜ」

と、辰三が言った。

「合点だ」

貞吉ははりきってそば屋に向かった。

しばらく経《た》っても、新たな客が来ない。職人のふたり連れが入って行ったが、豊四郎とは違う場所に座った。

半刻後に、貞吉が出て来た。

「すいやせん。そばだけじゃ長居出来なかった」

「ちっ。まあ、いい。で、豊四郎はどうしている？」

「ひとりで酒を呑《の》んでます」

「なに、酒を？」

伊十郎はふと不安を覚えた。

結局、相手が現れないまま、豊四郎はそば屋を出て来た。

「どうする気だ？」

辰三が豊四郎の動きを見つめる。

豊四郎は来た道を戻った。辺りは暗くなりはじめている。柳原通りを突っ切り、新シ橋に差しかかった。

「どうやら、屋敷に帰るようだ」

伊十郎は舌打ちした。

「屋敷に帰るですって？　じゃあ、単にそばを食べに行っただけってことですかえ」

松助が呆《あき》れたように言う。

「いや。どうやら、俺たちのことに気づいていたようだ」

「えっ？」

「屋敷の前にいる人間が誰を見張っているのか確かめるために、わざと外に出て来たのだ。最初から尾行には気づいていたのだろう」

「なんてこった」

辰三は顔を歪《ゆが》めて悔しがった。

「正体を知られたからにはやむを得ない。当たってみる」

豊四郎は新シ橋を渡った。伊十郎は足早になり、橋を渡り切ったところで豊四郎を呼び止めた。

「申し訳ございませぬ。ちょっとよろしいでしょうか」

豊四郎が立ち止まった。

「伊丹豊四郎さまでございますね」

伊十郎は近付いた。

「なんだ。八丁堀らしいが、そなたたちに呼び止められる謂《いわ》れはないが」

口許《くちもと》に冷たい笑みを浮かべて、豊四郎が見返す。

「私は北町奉行所の井原伊十郎と申します」

そのとき、微《かす》かに豊四郎の眉《まゆ》が動いた。が、それは一瞬だった。俺を知っているのかと伊十郎は思ったが、北町のほうに反応をしたのかもしれない。

伊十郎は続けた。

「五日前の夜五つ（午後八時）ごろ、柳森神社の裏に男の死体を捨てて行った人間がいましてね。長持《ながもち》に死体を隠して運んだようなのです。その後、一行は和泉橋を渡って引き上げました。その時刻、伊丹さまがその辺りを歩いていたとわかりました。あやしい一行を見かけなかったかと思いましてね」

「知らぬな」

「そうですか。その連中は稲荷町にある『八百福』という八百屋から大八車《だいはちぐるま》を盗み、それに長持を載せて運んだんです」

「せっかく呼び止めたが、役に立たなかったな」

ふんと鼻で笑い、豊四郎はその場を去ろうとした。

「殺された男は拷問を受けていました。相手は何かをききだそうとしていたようです」

豊四郎は立ち止まった。だが、振り返ろうとせず、そのまま足早に去って行った。

「ちくしょう。やられましたね」

辰三が歯噛《はが》みをした。

「いや。これで、有森家中屋敷で拷問が行なわれたことがはっきりした。こっちの動きも知られたが、それなりに成果はあった」

「これから、どうなさるつもりで？」

辰三がきく。

「荷崩れ事故に見せかけられて殺された男も拷問を受けて殺された男も、有森家に関《かか》わりのある人間だ。中屋敷に出入りをしている商人や植木屋などを当たり、最近姿を見かけなくなった奉公人がいないかきいてまわるんだ」

「わかりやした」

「俺は、なんとか上屋敷にいる江戸留守居役に会ってみる。有森家で何かが起こっているのか。それとも、中屋敷の中だけの問題なのか」

ちょうど暮六つ（午後六時）の鐘が鳴りはじめた。

「よし。これから『おせん』に行って呑《の》むか」

伊十郎はみなを元気づけるように言った。

伊十郎は少し酔いながらひとりで海賊橋を渡った。

辰三と貞吉、それに松助はまだ『おせん』で呑んでいる。連日、忙しい思いをさせている。明日もまたあちこち走り回ることになる。今夜は大いに呑ませてやろうと思った。

松助はいっしょに帰ると言ったが、伊十郎は松助にも遠慮せずに呑むように言った。もちろん、呑み代は伊十郎持ちだ。

伊十郎は三人に気をきかせたわけではない。早く帰りたかったのだ。

最近、伊十郎は自分でも妙に思っていることがある。早く帰って赤子の顔を見たいという気持ちになっているのだ。

あやすと口をいっぱいに開けて笑う顔が脳裏《のうり》にこびりついている。あの笑顔が見たい。自分の子でもないのに妙なものだ。もし、百合との間の子だったら……。

そう思うだけで、顔が綻《ほころ》んで来た。

屋敷に近付いたとき、屋敷の手前に女が立っていた。一瞬、百合かと思った。だが、百合より小柄だ。御高祖頭巾《おこそずきん》をかぶっている。

女とすれ違い、門を入ろうとしたとき、

「井原さまでございますか」

と、声をかけてきた。

伊十郎は振り返った。

「そなたは？」

「私は百合さまの……」

「なに、百合どの」

伊十郎はあわてた。

「さあ、お入りなされ」

「いえ。すぐに戻らねばなりませぬ。じつは百合さまに頼まれて確かめに参りました」

「何か」

伊十郎は胸が波打った。

「こちらにいらっしゃいます赤子は井原さまのお子であられますか」

「違う。私の子ではない。私のまったく与《あずか》り知らないこと。ぜひ、百合どのにそのことをはっきりお伝えしていただきたい」

「では、おしのという女とも？」

「もちろん。私とは関係ない。見ず知らずの女だ」

「まことでございますね」

「誓って」

「では、なぜ、井原さまのところに？」

「わからぬ。だが、必ず真実を明らかにしてみせると百合どのに」

「わかりました。では、さっそく帰って、そのようにお伝えしておきます」

「百合どのによしなに」

去って行く女に、伊十郎は声をかけた。くらがりに供の者は待っていたらしく、女といっしょに引き上げて行った。

やはり、百合も気にしてくれていたのかと思うと、伊十郎はうれしくなった。

改めて門を入り、玄関に向かった。

「どなたかお出《い》ででしたか」

半太郎が出て来た。門前でのやりとりが聞こえたのか。

「いや、なんでもない」

伊十郎は答えてから、

「おしのは部屋か。赤子はまだ起きているかな」

と、きいた。

半太郎は不思議そうな顔をして、

「どうかなさいましたか」

と、伊十郎の顔をまじまじと見つめた。

「何がだ？」

「そのようなお言葉、ついぞ聞いたことがありませぬゆえ」

「そうか」

伊十郎は適当に言い、刀を置くと、おしのの部屋に行った。

「おしの。入るぞ」

「どうぞ」

中から返事があった。

襖《ふすま》を開けて、伊十郎はあっと叫んだ。おしのが胸元を開いて、赤子にお乳を呑ませているところだった。

「あとにしよう」

伊十郎はあわてて部屋を出た。

「終わりました。どうぞ」

伊十郎は再び襖を開けた。おしのは胸元を直している。

「赤子の顔を見たいだけだ。すぐ引き上げる」

伊十郎は赤子の顔を覗《のぞ》き込んだ。すると、大きく口を開けて、顔をくしゃくしゃにして笑った。

伊十郎があやすと赤子は喜んだ。

「この顔だ、この顔だ」

「よい子だ」

伊十郎はようやく赤子から離れ、

「大事にしてやれ」

と、おしのに言った。

「邪魔をした」

伊十郎が部屋を出ようとすると、おしのが呼び止めた。

「伊十郎さま」

「何か」

おしのは畏《かしこ》まって、

「今宵《こよい》、どうぞ」

と、恥ずかしそうに言った。

「覚悟が出来たと申すのか。もう、よい。そなたの抱える事情はわからぬが、俺はそなたら母子を守ってやる」

素直にそう言えたのも、百合の使いの女中が訪ねて来たことが大きい。百合が俺を信用してくれている。百合の誤解さえ解ければ、おしのがどんな目的でこの屋敷に乗り込んで来たかなど関係ない。

伊十郎はおしのの部屋を出た。

翌日も朝から辰三たちは下谷から浅草一帯の出入りの商家を探し回っていた。魚屋、酒屋、小間物屋《こまもの》、あるいは菓子屋など、中屋敷出入りの商人を探し、屋敷内の様子を探ろうとしているのだ。

伊十郎は奉行所に顔を出してから辰三たちと待ち合わせた横山町のそば屋に向かった。が、まだ約束の時間には間があり、おふじの家に寄ることにした。

百合のことを信じろと言ってくれたおふじには、百合の使いが来たことを知らせておきたかった。

昼過ぎからは稽古《けいこ》で弟子が集まって来るので、どうしても訪れるのは午前になる。

おふじの家の前に立った。いつもは聞こえてくる三味線《しゃみせん》の音がしない。

格子戸を開け、伊十郎は奥に呼びかけた。すぐにお光が出て来た。

「いらっしゃいませ」

「おふじはいないのか」

「『鶴屋』さんまで行きました。もう戻って来る頃です。どうぞ、お上がりください」

「なに『鶴屋』だと？」

伊十郎は部屋に上がった。

「はい。地本問屋の『鶴屋』さんです」

「ひょっとして、英才がまたやって来たのか」

『鶴屋』は地本問屋、つまり浮世絵の版元である。『ほたる火』の絵を出したところだ。

「はい。何度も。きのうは『鶴屋』のご主人といっしょに」

「性懲《しょうこ》りもなくやって来るのか」

伊十郎は呆れた。

「はっきりお断りしてくると言って出かけました」

伊十郎は居間に落ち着いた。

お光がいれてくれた茶を飲んでいると、格子戸の開く音がした。

「帰って来たようです」

お光は立ち上がり、居間を出て行った。

入れ代わって、おふじが入って来た。脱いだ羽織りをお光に渡して、長火鉢の前に疲れたように座った。

「『鶴屋』に行ったそうだな」

「はい。ほんとうにしつこくて」

おふじはうんざりしたように言う。

「きのうは手付けだと言って五両置いて行ったんですよ」

「五両だと？」

伊十郎は呆れ返った。

「突っ返してきました」

「そうか。それだけの値打ちがそなたにはあるというわけだ」

「いやですよ。私の顔が世間に晒《さら》されるなんて。お光。私にもお茶をちょうだい」

「はい」

「ところで旦那《だんな》。顔色がいいようですけど、何かありましたか。ひょっとして百合さまから何か」

　おふじが目ざとく、伊十郎の顔色を読んだ。

「うむ。そのことだ」

　伊十郎は自然に顔が綻んだ。

「ゆうべ、百合どのの使いの女中がやって来た」

「使いの女中？」

「うむ。赤子はほんとうに俺の子ではないのかと確かめてくるように命じられたそうだ。やはり、百合どのは俺のことを見限ってなかった……」

　おふじが訝《いぶか》しげな表情をしたので、伊十郎は声を止めた。

「おふじ、どうした？」

「旦那。その女中、どんな女でした？」

「御高祖頭巾をかぶっていたのでよくわからないが、小柄な若い女だ。礼儀作法も弁《わき》まえているようだったから、武家屋敷に奉公しているものだとわかる」

「顔の特徴は？」

「暗がりだったのではっきりはわからないが、目が大きく……」

「旦那。暗がりって、どういうことです？」

いやに真剣な顔で、おふじがきいた。

「門の外で俺の帰るのを待っていたのだ」

「では、立ち話ですか」

「そうだ。おふじ、どうかしたのか」

伊十郎はだんだん不安になった。

「百合さまは旗本のご息女であられましょう」

「そうだ。それがどうかしたか」

「その使いが立ち話ですますでしょうか」

おふじが疑問を呈した。

「確かに、そうだが……」

言われてみれば、そのとおりだ。百合の使者ということで舞い上がってしまい、深く考えなかった。

「それに、百合さまがそのために使いを出すでしょうか。お話を聞いている限りでは、百合さまはご自身で確かめる性分《しょうぶん》のように思えますが」

「では、あの女中は何のために？」

伊十郎は急に激しい不安に見舞われた。

「お屋敷にいる赤子が旦那の子ではないことを確かめに来たのでしょう」

「俺の子ではないことを？」

ふいに佐平次の言葉が蘇《よみがえ》った。

女が赤子を連れて来たのは井原の旦那を困らせるためではない。井原の旦那に救いを求めに来たのではないか。佐平次はそう言っていたのだ。

救いを……。あっと、伊十郎は叫んだ。

「おふじ。邪魔をした」

伊十郎は刀を摑《つか》むや、あわてて部屋を飛び出した。

あの女は何者かに命じられ、赤子の素性を確かめに来たのだ。伊十郎の口から否定の言葉を聞き、赤子の素性を確信した。

おしのはその者たちの襲撃から逃れるために伊十郎の屋敷を逃げ場に選んだ。そういうことだったのではないかと考えながら、伊十郎は八丁堀に向かって駆けた。

すれ違った通行人が振り返るほどに凄《すさ》まじい形相《ぎょうそう》で走っていたに違いない。江戸橋を渡り、さらに楓川《もみじ》にかかる海賊橋を渡った。

伊十郎は自分の屋敷に駆け込んだ。

「おしの、半太郎」

大声で叫んだ。

いきなり、玄関から抜身《ぬきみ》を下げた町人ふうの男が飛び出して来た。

「なにやつ」

伊十郎は相手の剣をかわし、抜き打ちに相手に斬《き》りかかった。相手はとんぼを切って門に向かって走り去った。

追うより、家の中が心配だった。

「旦那さま」

脇差《わきざし》を抜いたまま、半太郎が出て来た。

「おしのは、赤子はどうした？」

伊十郎は夢中で叫んだ。

「それが……」

半太郎が口ごもった。説明しようとするが、昂奮《こうふん》していてうまく言葉がついて出て来ないようだった。

伊十郎は玄関を駆け上がり、おしのの部屋に行った。襖が倒れ、格闘のあとがあった。

おしのも赤子も姿が見えなかった。どこにも姿はなかった。

伊十郎は愕然《がくぜん》とした。俺の責任だ。不用意に、俺の子ではないと言ってしまった。それで、敵は赤子の素性がわかったのだ。

(すまぬ。おしの)

伊十郎が愕然としていると、半太郎がやって来た。

「旦那さま」

「おしのと赤子は連れ去られたのか」

深呼吸をし、心を静めてから、伊十郎はきいた。

「いえ。襲われる前に、ここから出て行きました」

「なに、出て行った?」

「はい。弥助がやって来て、ふたりを連れ出しました。私は旦那さまが戻るまで待ってくれるように頼んだのですが、急いでいるからと言って止めるのを振り切って……」

いったい、なぜ、急に逃げたりしたのだ。

「でも、そのあとで商人のなりをした男がふたり屋敷に入って来て私が応対している間にひとりがいきなり奥に駆け込みました。私は驚いて追いかけました。男たちは、ふたりが目的だったようで、私にどこに隠したかと迫って来たんです」

「そうか、やはりあのふたりの命を狙《ねら》っていたのか」

伊十郎はふたりのいない部屋を寂しく見つめた。

「どこに向かったか、弥助は何も言っていなかったか」

「匿《かくま》ってくれるひとが見つかったと、おしのさんに言ってました。私のほうには何も」

「そうか」

伊十郎は自分を責めた。なぜ、百合の使いだと単純に信じてしまったのか。そのあとでも、どうして偽者の使いだと気づかなかったか。

伊十郎は憮然《ぶぜん》と立ちすくんでいた。

二

あと始末を半太郎に任せ、伊十郎は辰三たちと待ち合わせの横山町のそば屋に急いだ。

約束の時間を大きく過ぎていた。そば屋に到着すると、三人はとうにそばを食い終えて雑談していた。

伊十郎が入って行くと、辰三が顔を上げた。

「旦那。何かあったんですね」

伊十郎の顔を見て、辰三が緊張した声を出した。

「ここでは話が出来ない。出よう」

「へい」

伊十郎はそば屋を出てから、近くにある空き地に出た。

三人に振り返ってから、伊十郎は口を開いた。

「俺の屋敷が襲われた」

「なんですって」

「だが、その前におしの母子は弥助が連れ出していた」

伊十郎はきのうの偽の使いの件から詳しく話した。

「おしのは俺の屋敷に救いを求めにやって来たのだ。俺の子だということで周囲を欺《あざむ》こうとしたが、俺が懸命に否定したから敵の知るところになったのだ」

伊十郎は無念そうに言った。

「でも、いったい、誰が？」

辰三が見えない相手を睨《にら》みつけるような顔でつぶやいた。

「襲ったのは商人の恰好《かっこう》をしていたが、武士だ。あのおしのも武家屋敷に奉公していた身に違いない」

「じゃあ、あの子どもは……」

辰三が何かに気づいたように目を見開いた。

「うむ。身分あるお方の子かもしれぬ」

「いったい、どなたで？　ひょっとして、いま我らが探索している……」

辰三はさすがにあとの言葉を呑んだ。迂闊《うかつ》に言えるようなことではないからだ。

だが、伊十郎は頷《うなず》いた。

「その可能性がある」

伊十郎は高木文左衛門から聞いた有森家の昔の内紛を思い出した。

――いまは隠居されている忠保さまには正室の子以外に側室の子がいた。当然正室の子が跡を継ぐはずだったが、側室の子のほうが有能だったために家督争いの騒動が起きた。血なまぐさい騒動の末に正室の子が跡継ぎとなった。側室の子は、その後、病気になり、お亡くなりになった。だが、そのことで勝手な憶測が乱れ飛んだらしい。側室の子は毒を盛られたのだという噂《うわさ》がまことしやかに流された。

文左衛門はそう語っていた。いま、そのときと同じようなことが再現されようとしているのだとしたら……。

現当主の壱岐守に子どもが何人いて、側室に子どもがいるかどうかもわからない。まず、それを確かめることだ。

「そっちはどうだ？」

伊十郎は三人の顔を順番に見た。

「へえ、出入りの庭師を見つけました。入谷《いりや》で植木業を営む須藤春吉《はるきち》という男です。春吉は有森家の庭の手入れを一手に引き受けている庭師です。中屋敷にいる隠居は造園にうるさく、春吉に一切を任せているようです」

辰三の声を引き取って松助が続けた。

「春吉が言うには、最近、見知らぬ男を何人か屋敷で見かけたそうです。国元からやって来たのではないかと言ってました。例の荷崩れで死んでいた男の似顔絵を見せたところ、似たような男を見かけたことがあると」

「そうか」

「それから、土蔵の中に誰かが閉じ込められているのを見たことがあったそうです。それが、柳森神社裏で死体となっていた男かどうかはわかりませんが」

「可能性は高いな」

伊十郎は応じる。

「そうそう、伊丹豊四郎というのは一刀《いっとう》流の達人で、隠居の忠保の寵愛《ちょうあい》を受けている家来だそうです」

辰三が思い出して言った。

「その春吉にきけば、現当主の壱岐守に子どもが何人いて、側室に子どもがいるかどうか、わかるかもしれない。辰三と貞吉はそれを確かめて来てくれ」

「へい」

「俺と松助はおしのたちを追跡する。弥助は子どもの正体がばれたことを察し、新たな隠れ家に逃したのだろうが、そこが安全だという保証はない。早く見つけて守ってやらねばならない」

「へい。じゃあ、行って来ます」

辰三は力強く答え、貞吉とともに柳原通りに向かった。伊十郎と松助は反対方向に八丁堀へ向かった。

屋敷に戻ってから、伊十郎と松助は改めて弥助たち三人のあとを追った。

昼間のことであり、見ていた者は多かった。ただ、弥助は辻駕籠《つじかご》を用意していたらしく、あとは駕籠を追うことになった。

近くの屋敷の奉公人などにきいて、亀島町《かめしまちょう》河岸通りに出た。だが、そこから駕籠がどっちへ行ったかわからない。

霊岸《れいがん》島に向かったか、それとも河岸通りを川沿いに鉄砲洲《てっぽうず》のほうに向かったか。

「松助。駕籠屋を当たってくれ。八丁堀からそれほど離れていない駕籠屋だ。もう、戻って来ているだろう」

「へい」

「俺は鉄砲洲のほうに行ってみる。いずれにしろ、鉄砲洲稲荷《いなり》で落ち合おう」

霊岸島に渡り、さらに永代橋に向かうことも考えられた。迷った末に、鉄砲洲のほうを選んだ。

松助が引き返すと同時に、伊十郎も鉄砲洲に向かった。

途中、普請中の家があり、大工に確かめると、駕籠を見たという。伊十郎はさらに先に急いだ。

稲荷橋に出た。対岸に鉄砲洲稲荷の杜《もり》が見える。

伊十郎は橋を渡った。だが、そこで幾つかの駕籠を見た。稲荷の参拝者が駕籠に乗って来ているのだ。

これでは、そういった駕籠に紛れて、行き先は摑めないと思った。いや、案外、弥助たちはここで駕籠を下りたかもしれない。

あるいは、ここから別の駕籠に乗り換えたか。もちろん、追手《おって》の追跡の目を晦《くら》ますためだ。

念のために、伊十郎は土産物屋《みやげもの》などにきいてまわったが、赤子を抱いた女を覚えている者はいなかった。

松助が稲荷橋を渡って来るのが見えた。松助も気づいて、まっすぐ駆けて来た。

「旦那。ここまで運んだそうです」

「やはりそうだったか」

「この先、どっちへ行ったんでしょうか」

「別の駕籠に乗り換えたってことも考えられる。それに、弥助が赤子を抱き、おしのと別々に歩いていったかもしれぬ」

簡単にあとを辿《たど》れないように考えて移動しているはずだ。

「ともかく、先に行ってみよう」

「へい」

左手に石川島を見ながら本湊町《ほんみなとちょう》に入る。石川島への渡し船が出て行った。だんだん、陽が傾いてきた。

「旦那。向こうから来る物貰い。あれ、伝助じゃありませんか」

松助は目を見張った。

ぼろをまとい、頭陀袋《ずだぶくろ》を提げた伝助がよろよろとやって来る。

「奴、こんなところまで来るのか」

松助は呆れたように言った。

「おや。こっちに気づいたらしいな」

伝助がよろけながら走るように近寄って来た。

「旦那」

伝助が口をわななかせ、もどかしそうに自分の胸を叩《たた》いてから、

「あの男、見つけました」

と、訴えた。

「あの男？」

「へい。殺された男と歩いていた三十ぐらいの男です。いつもの橋の袂《たもと》でしゃがんでいたら目の前を通ったんです。笠《かさ》をかぶって顔を隠していましたが、左足の傷ですぐわかりやした」

「伝助。ひょっとしてあとをつけたのか」

「へい。そしたら、途中《しゅったつ》で駕籠を頼み、八丁堀へ行くじゃありませんか。女と赤子を駕籠に乗せ、出立しました」

伝助が喋《しゃべ》るのを、伊十郎は口をはさまずきいた。

「鉄砲洲稲荷で駕籠を乗り換え、今度は西本願寺まで行きました。そこで、駕籠をおりて、今度はその男が赤子を抱っこし、少し遅れて、道を引き返したんで。あっしは、まともに顔を合わせちまった。でも、向こうには気づかれていません。すれ違ったあと、すぐに追いかけたんですが、本願寺橋を渡ったときには姿が見えなかった。辺りを歩いてみたんですが、そこまでで」

最後は小さな声になった。

「伝助。でかした。察するに、南小田原町《みなみおだわらちょう》だな。そこに隠れ家があるのだ」

伊十郎は安心した。

「伝助が見た男が弥助だったとはな。柳森神社で味方が殺されていたことを知って、弥助はおしのの隠れ場所が敵に悟られたと思い、母子を連れ出したのだ」

伊十郎は自分のしくじりを弥助に救われたような気がした。

「松助。変装して、歩き回るんだ。赤子の泣き声がする家に注意だ。明日からでいい」

「わかりやした」

「伝助。よくやった。礼だ」

伊十郎は懐《ふところ》から銭を出して、伝助に手渡した。

「へえ、こんなに」

伝助は髭面《ひげづら》を綻ばせた。

その夜、夕餉《ゆうげ》のあと、伊十郎はおしのが使っていた部屋に行った。がらんとしていた。逃げるように濡縁《ぬれえん》に出た。

心にぽっかりと穴が空いたようだった。赤子の泣き声がしない。もう、あの口をいっぱいに開けて笑う顔も見られないのかと思うと、胸が塞《ふさ》がれそうになった。

最初は迷惑この上なかったのに、この変化は何なのだと自分でも不思議だった。

もっと、おしのの目的を深く考えてやればよかった。そのことを思うと、またも胸が痛んだ。

使いに行った半太郎が戻って来た。

「高木さまは、いつでもよろしいようです」

「よし。では、行って来る。辰三と貞吉がやって来たら、待たせておけ」

「はい」

伊十郎は着替え、脇差だけを差して出かけた。

高木文左衛門の屋敷を訪れると、すぐに客間に通された。そして、待つほどのこともなく、文左衛門がやって来た。

伊十郎の顔を見るなり、

「半太郎から事情は聞いた。おしの母子が姿を消したそうだな」

と言いながら、向かいに腰を下ろした。

「はい。すべて私の落ち度」

「そなたの？」

「ゆうべ、帰宅したおり、百合どのの使いと申す女が門の前で待っておりました。百合どのに命じられて、赤子のことを確かめに来たとのこと。断じて自分の子ではないと訴えました。まさか、その女がおしの母子に害をなす者の仲間とは露知《つゆ》らず」

「いったい、おしの母子を狙う者は誰なのだ？」

「高木さま。その前に、お教えくださざい。有森壱岐守さまにはお子さまはいらっしゃるのでしょうか」

「なぜ、壱岐守さまのことを？」

文左衛門は不思議そうな顔をした。

「いかがでございましょうか」

問いに答えず、伊十郎は返答を促した。

「去年、ご正室に男子が誕生した」

文左衛門はおしの母子が伊十郎と無関係だったことを知ったいまでも、自分の過《あやま》ちを認めようとはしなかった。だが、さすがに負い目があるのか、伊十郎の一方的な問いにも素直に答えた。

「側室はいらっしゃいますか」

「さあ。そこまではわからん」

「一度、留守居役の芝山半太夫さまにお引き合わせ願えませぬか。幾つか確かめたいことがございます」

「おしの母子の件と関わりがあると申すのだな」

「さようでございます」

「うむ」

文左衛門は唸《うな》ってから、

「しかし、おしのはなぜ、そなたの子だと言って乗り込んで来たのだ?」

と、きいた。

「私の子ということにすれば追手の目を晦ませると思ったのでありましょう」

「しかし、なぜ、そなたのところに?」

「高木さまは芝山さまに私のことをお話しになられませんでしたか」

「………」

はっとしたように、文左衛門は目を見開いた。

「お話しなさったのですね」

「そうだ。半年ほど前、料理屋に招かれた。その席で、有森家として、定町廻り同心とも誼《よしみ》を結びたいと芝山さまが仰《おつしや》った。一番頼りになる同心は誰かときかれたので、井原伊十郎だと答えた」

「私のどのようなことをお話しになりましたか」

「独り身であること、食事の世話は若党の半太郎と申す者がやっていることなどだ」

「半太郎が父の代からいることも？」

「うむ。話したような気がする。まさか」

文左衛門ははっと顔色を変えた。

「はい。おしのは我が屋敷にやって来たとき、私との関係を証《あか》すために、芝山さまから聞いたことを口にしたのです。半太郎は自分のことまでよく知っていたことで、天からおしのの言い分を信じてしまいました」

「いや、それだけではあるまい。そなたのことだ。隠し子がいてもおかしくないと思ったのではないか。いや、これは冗談だ」

冗談を言っている顔でないことが、伊十郎には不愉快だったが文句を言うわけにはいかなかった。

「高木さま。私が芝山さまに会いたいわけがおわかりいただけたと思います」

「うむ」

文左衛門は大きくため息をついてから、

「わかった。近々会えるようにしよう」

「明日にでも」

「明日だと」

「はい。いまだ、おしの母子は命を狙われております。早く、見つけ出し手を差し伸べてやらねば取り返しのつかぬことになります」

「わかった。明朝までに手紙を書いておく。それを持って、そなたは神田橋御門外にある上屋敷を訪ねよ」

「ありがとうございます」

　伊十郎は低頭した。

「では、明日、誰かに手紙をとりにこさせよ」

　文左衛門は立ち上がって言った。

「あの、高木さま」

　伊十郎は顔を上げた。

「なんだ、まだ何か」

「百合どののことはいかがあいなりましょうか」

「百合どののことだと？」

文左衛門は不快そうな顔をした。

「隠し子の潔白が明らかになりました。どうか百合どのに」

「すべて事件が終わってからだ」

そう言い捨て、文左衛門は部屋を出て行った。

伊十郎が屋敷に帰ると、辰三と貞吉が待っていた。松助も帰っていて、三人で話し合っていた。

「松助から聞きました。おしのさんは南小田原町のどこかにいるそうですね」

辰三が言った。

「そうだ。物貰いの伝助のおかげだ」

「旦那。何軒か、赤子の泣き声がする家が見つかりました」

松助が言う。

「よし。明日は三人でもう少し調べるのだ。もし、居場所を見つけても、気づかれるな。またどこかへ移動されても困る」

「へい」

辰三は頷いてから、

「こっちも少しわかりやした」

と、切り出した。

「春吉が言うには、壱岐守さまには去年奥方に男子が生まれたと、隠居の忠保さまから聞いていると言ってました」

文左衛門から聞いたことと一致している。

「それから、側室には女子がひとりいるそうです」

「他にはいないのか」

「ええ。春吉は知らないようです」

「そうか。ともかく、いまはおしの母子を守ることに専念する。俺は明日、有森家の上屋敷に行き、留守居役の芝山どのに会って来る」

「へい。じゃあ、あっしらはこれで」

辰三が引き上げの挨拶《あいさつ》をした。

「ごくろうだった」

辰三と貞吉が引き上げ、松助も自分の部屋に帰った。

ひとりになると、またも赤子のことが思いだされた。顔をくしゃくしゃにして笑うのをもう一度見たい。しみじみと思った。

三

翌朝、半太郎が文左衛門の屋敷に行き、芝山半太夫に宛《あ》てた手紙をもらって来た。

手紙を受け取ったが、半太郎が何か言いたそうにもじもじしている。

「どうした？」

伊十郎は声をかけた。

「旦那さま。申し訳ございません」

いきなり、額を畳につけて、半太郎が泣きそうな声を出した。

「いきなり、何の真似《まね》だ？」

伊十郎は呆れたように這《は》いつくばっている半太郎を見た。

「おしのと赤子のことです。私はてっきり旦那さまの子だと思い込んでしまい、数々の無礼を働いてしまいました」

「そなたのせいではない。俺の不徳のいたすところだ。気にするな」

「でも」

「もういい。だが、ふたりがいなくなって寂しいな。いまから思うと、ほんのわずかな期間だったが、楽しい日々だった」

伊十郎はまたも胸が切なくなった。

髪結《かみゆ》いに髪と髭を当たってもらい、伊十郎は羽織りを着て、屋敷を出た。

江戸橋を渡って、そのまままっすぐ進み、本町通りを濠《ほり》のほうに曲がった。濠に出てから、鎌倉河岸方面に向かう。

城壁を見ながら、伊十郎は足早に神田橋御門を目指す。おしのと赤子を助けたい。その一心で、伊十郎は有森家上屋敷にやって来た。

二階建て瓦屋根《かわらやね》の表長屋が続き、ようやく御門の前にやって来た。脇にある門番所に向かう。そして、門番の侍に手紙を差し出し、

「拙者は北町奉行所の井原伊十郎と申します。これは北町の筆頭与力高木文左衛門の文にて、これを御留守居役の芝山半太夫さまにお渡し願いとうございます」

「少々、お待ちを」

門番は別の侍とふた言、三言話してから奥に向かった。

伊十郎は門の横で待った。太陽がだいぶ上って来た。

四半刻（三十分）近く待たされてから、さっきの門番が戻って来た。

「いま、多忙につき、後日改めてこちらから連絡いたすということでございます」

意外な返事に、伊十郎は唖然《あぜん》とした。

「芝山さまは手紙を読まれたのでしょうか」

「読まれました。どうぞ、お引き取りください」

門番は冷たく言った。

芝山半太夫の対応が信じられなかった。芝山はおしの母子の味方ではなかったのか。そのために、伊十郎のことをおしのに教えたのではないのか。

憤然としたが、門番にいくら抗議してもはじまらない。この上は文左衛門直々《じきじき》に登場願わねばならぬと、伊十郎は門から離れた。

濠に出て、鎌倉河岸に向かいかけたとき、背後から走って来る足音に気づいた。

そのあとで、声が聞こえた。

「お待ちください」

自分のことだと思って、伊十郎は立ち止まった。

振り返ると、若い武士が駆け寄った。

「井原さまでございますか。留守居役の芝山から仰《おお》せつかってまいりました」

「芝山さまから」

「はい。一石橋《いちこく》の袂にある『一石家』という料理屋でお待ちくださいとのことでございます。まだ店は開いてませんが、芝山さまの名を出せば部屋を貸していただけるとのことでございます」

息を整えてから、若い武士はいっきに言った。

「わかりました。では、これから『一石家』にてお待ちしますとお伝えください」

「畏まりました」

若い武士が引き返してから、伊十郎は一石橋に向かった。

なるほど、芝山は屋敷内では盗み聞きされる危険を感じたのかもしれない。

料理屋の『一石家』はすぐにわかった。まだ、門は閉まっている。伊十郎は脇にある潜《くぐ》り戸から中に入った。

庭を掃除している下男に、女将《おかみ》への取り次ぎを頼んだ。

色白の女将がやって来た。

「これは北の井原さまでは」

「俺のことを知っていたか」

「それはもう」

「悪い噂をする者がいるということか」

「いえ、よい噂ばかりでございますよ」

女将は如才《じょさい》ない。

「ところで、これから有森家留守居役の芝山さまと会うことになっている。芝山さまから、ここで待てと言われたのだが」

「さようでしたか。さあ、どうぞ。こちらに」

女将は庭木戸を通って、離れの部屋に招じた。

「どうぞ、こちらでございます」

濡縁から部屋に入った。

なるほど、ここなら密談には打ってつけだ。芝山がやって来るまでしばらく時間がかかるだろう。伊十郎は濡縁に出て庭を眺めた。

萩《はぎ》もそろそろ終わりか。やがて、秋も終わり、草木も枯れる季節を迎える。おしのと赤子の運命に思いを馳《は》せた。

あの赤子は壱岐守の子に違いない。そのことが、あの子にとって幸いだったか不幸だったたか。

有森家にとってあの赤子は将来の災いの種となる。壱岐守の父忠保がそう考えたのは、悲しい経験があるからであろう。

もし、おしのの子のほうが人間的に優れ、将たるにふさわしい男子だった場合、その子を跡継ぎに推す者たちが出て来ないとも限らない。

禍根《かこん》を断つ。それが忠保の選んだ道だったのではないか。

庭木戸から女将が現れた。その後ろに、細身の四十過ぎと思える武士がいた。芝山半太夫に違いない。

伊十郎は部屋に戻って、半太夫を迎えた。

「勝手に押しかけて申し訳ございませんでした」

伊十郎は名乗ったあとで、いきなりの訪問を詫《わ》びた。

「いや。こちらこそすまなかった。屋敷内では、ちとまずいのでな」

半太夫は言ってから、

「そなたには迷惑をかけた。このとおりだ」

と、頭を下げた。

「どうぞ、お顔をお上げください」

伊十郎は手を差し出して言った。

「いま、おしの母子は南小田原町のどこかに潜んでおります。その場所をご存じでいらっしゃいますか」

「いや、わからん。すべて弥助に任せてある」

「弥助はどういう男なのです？」

「中間《ちゅうげん》だ。おしのを助けるようにわしが命じた」

「おしのは壱岐守さまのお手がついたのですね」

「そうだ。おしのは上屋敷に女中奉公をしていた。その美貌《びぼう》に目をつけられた殿が側室にしようとしたが、奥方さまから反対にあった。百姓の娘だからという理由だが、おしのが殿の寵愛を一身に集めてしまうと警戒したのであろう」

「ところが身籠《みご》もられた？」

「そうだ。もし、そのことを知ったら奥方さまや側室がどう出るか。事故に見せかけて殺しかねない。そんな恐れがあり、奉公をやめさせた。そのとき、弥助をつけてやった。弥助は忠義な男だ。必ず、おしの母子を守ってくれるだろうと思ってな。弥助も奉公をやめ、おしのといっしょに巣鴨村に行った」

「巣鴨村の吾作という百姓家は？」

「以前、この店で働いていた女の嫁ぎ先だ。その者に頼んで、離れを貸してもらった」

「やはり、吾作たちは何もかも承知をしていたのですね」

「そうだ」

「吾作の離れで暮らしている頃、ときたま小間物屋が訪ねて来たそうです。その小間物屋は芝山さまの使い？」

「そうだ。生活費を届けさせると同時に様子を見に行かせていた。忠実な家来だったが、まさか殺されるとは……」

「では、柳森神社裏で見つかったのは？」

「そうだ。その男だ」

「中屋敷にて拷問を受けた末に殺され、柳森神社裏に捨てられたのです。芝山さまは、誰の仕業《しわざ》かご存じなのですね」

「うむ」

　苦しそうに、芝山は顔を歪めた。

「その男は荷崩れの下敷きを偽装して男を殺しています。殺された男というのは忠保さまの命《めい》を受けておしの母子の行方を探していた者ですね」

「…………」

「中屋敷にいる者ですね」

「すまぬ。なんとか、おしの母子を助けてやって欲しい」

伊十郎の問いかけに答えず、芝山はいきなり言い出した。

「芝山さまは手が出せないということですか」

芝山は苦しそうに顔を歪めた。

「これが精一杯だ」

「ふたりが殺されかかっているのを見てみぬ振りをしているのですか」

「だから、そなたに助けを乞《こ》うているのだ。わしの立場がある。それ以上は出来ぬ」

芝山が激しく言い返した。

伊十郎はあっと思った。おしの母子殺害は隠居の忠保の陰謀かと思ったが、そうではなかったのだ。

「つまり、おしの母子を亡きものにすることは、有森家の暗黙のうちの決まりごとということですか」

伊十郎は呆れ返った。

「壱岐守さまも、了解しているのですか」

芝山は苦しそうに呻《うめ》いた。

「殿は知らぬ」

「では、壱岐守さまに内証で子供を抹殺しようと」

「違う。殿には死産だったと報告した」

国元にいる壱岐守には嘘《うそ》を伝えたという。

「なんということだ」

伊十郎は怒りを露《あらわ》にした。みなでよってたかって、おしの母子を殺そうとしている。実際に動いているのは隠居の忠保の命を受けた者たちだろうが、他の者はそのことを黙認しているのだ。

「腐っている」

伊十郎は不愉快になって立ち上がった。

「これ以上、お話しすることはありません。失礼します」

伊十郎は一方的に告げて部屋を飛び出した。

「待て」

芝山が追って来た。

「南小田原町に『夕月堂《ゆうづきどう》』という菓子屋がある。もしかしたら、弥助はそこに逃げ込んだかもしれぬ」

「『夕月堂』？　なぜ、そこに手助けの者を送り込もうとしないのですか」

芝山から返事はない。

これだから武家は嫌いだと、伊十郎は腹が立ってならなかった。有森家には、おしの母子の味方はいない。

ふたりを助けてやれるのは俺たちだけだと、伊十郎は悲壮感に身を震わせた。


それから半刻（一時間）後、伊十郎は南小田原町にやって来た。

まず、『夕月堂』の前を通り、それから裏道に入る。塀が続いている。中は見えない。

表通りに出てから、松助の姿を見つけた。

「どうだ？」

「わかりません。赤子の泣いていた家はすべて違いました」

「よし。辰三たちに声をかけて西本願寺の境内《けいだい》に来てくれ」

「へい」

松助は町中を走って行った。

四半刻後に、三人がやって来た。

「『夕月堂』という菓子屋があるな」

伊十郎が言うと、辰三がすかさず応じた。

「へい、大名家御用達《ごようたし》の有名な菓子屋ですね。あっ、ひょっとしてそこに？」

辰三が気づいてきいた。

「そこの離れにいるかもしれぬ。こっそり調べるのだ」

「わかりました。よし、行こう」

辰三たちは走って門を出て行った。

伊十郎は今後のことを考えないわけにはいかなかった。おしの母子にはもう頼るべき人間はいないのだ。

頼りにすべき壱岐守はほんとうのことを知らされていない。しかし、たとえ、真実を告げたとしても、壱岐守には何も出来ないし、何もしようとしないに違いない。父親に逆らうような真似は出来まい。

辰三たちが戻って来た。

「どうだ？」

伊十郎は確かめた。

「離れから赤子の泣き声が聞こえました。まず、間違いないと思われます」

辰三が自信ありげに答えた。

「どうしますか。訪ねてみますか」

松助がきいた。

「気になることがある」

「なんです？」

辰三が訝しげにきいた。

「『夕月堂』がほんとうにおしのたちの味方なのかどうか。留守居役の芝山どのは『夕月堂』を信頼している口振りだった。だが、上屋敷だけでなく、中屋敷にも出入りをしていたかもしれない」

「知らせるかもしれないってことですか」

「そうだ。すでに知らせが行っているかもしれぬ」

「じゃあ、すぐにでも連れ出さないと」

「いや。我らが連れ出したことがわかってしまう。これ以上、逃げるだけの暮らしはつらすぎよう。ここで、決着をつける」

「決着を？」

辰三が強張《こわば》った顔できいた。

「ふたりを襲うとしたら夜だ」

伊十郎は念のためにまず松助を『夕月堂』の離れの見張りにつけ、本願寺橋の近くにある船宿に向かった。

「これは井原の旦那」

顔見知りの女将に、

「すまぬ。空いている部屋を貸してくれぬか」

と、伊十郎は頼んだ。

「どうぞ。お使いください」

貸しを作っておこうという腹積もりもあるのか、女将はいやな顔をせずに二階の部屋に通してくれた。

ここで夜まで待つつもりだった。

伊十郎は芝山半太夫とのやりとりを辰三と貞吉に語った。

夕方になって、女将に握り飯を頼んだ。しばらくして女中が握り飯とお新香を持って来てくれた。

「ありがてえ」

貞吉がまっさきに摑んで、頰張《ほおば》る。

いっきに大きな握り飯を三つも食べ終わった貞吉が、

「交替してきます」

と言って、部屋を出て行った。

「旦那。おしのが可哀《かわい》そうですね」

さっきの話を思い出して、辰三がやりきれないように続けた。

「まったく、壱岐守も情けねえ」

「隠居の忠保や奥方の威光が強過ぎるのだ」

伊十郎も不快そうに言う。

松助が戻って来た。

「何も動きはありません」

「そうか。まあ、飯を食え」

伊十郎は握り飯を勧める。

「へい」

松助はすぐに握り飯に手を伸ばした。

暮六つの鐘が鳴りはじめた。部屋の行灯《あんどん》にはすでに明かりが灯っていた。

芝山との話の内容を、辰三が松助に話している。

それから半刻ほどして、辰三が立ち上がった。

「今度はあっしが見張りに」

「頼んだ。こっちもあと半刻したら行く」

果たして、今夜、敵が動くかどうかわからない。しかし、『夕月堂』が忠保に知らせたら、すぐに動くに違いない。長引けば、有森家の恥部が世間にもれる可能性が高くなる。だから一刻も早く始末したいと考えるはずだ。

やはり、今夜、寝静まった頃に離れを襲撃するに違いない。いや、そうだとすると、『夕月堂』の立場が微妙なものになる。盗賊の仕業に見せかけても、母屋のほうが襲われなかったことに疑問が持たれるかもしれない。

だとしたら……。伊十郎は立ち上がった。

「松助。行くぞ」

「へい」

あわてて、松助も立ち上がった。

伊十郎と松助は『夕月堂』の裏手にやって来た。辰三と貞吉が裏門のほうを見つめている。

「どうした？」

後ろから声をかけた。

「あっ、旦那。裏口の戸が開いて、番頭らしき男が顔を出したんです」

「ここからおしのたちを別の場所に移すつもりだ。ここでは襲撃出来ないからだ」

「そうか。ちくしょう」

辰三が吐き捨てた。

そのとき、足音が近付いて来た。やがて、足音の主が裏道に姿を現した。

「駕籠ですぜ」

辰三が小さく叫ぶ。

駕籠が裏口の前に停《と》まると、戸が開いて番頭らしき男が出て来た。それから、赤子を抱いたおしのが現れた。その後ろにいるのが弥助だろう。

おしのが駕籠に乗り込んだ。番頭が先頭に立ち、駕籠がゆっくり動いた。後ろに弥助が続き、大川のほうに向かった。

伊十郎は静かにあとをつけた。その後ろに三人がついて来る。

駕籠は南飯田町《みなみいいだ》を突っ切った。明石《あかし》橋を渡ると、ひと通りのない暗い場所に出た。

ここだと、伊十郎は思った。少し先に明石町の町の明かりが見えるが、いま駕籠はまさに暗がりに差しかかった。

いきなり、駕籠が止まった。白刃が光った。番頭と駕籠かきが逃げた。

「番頭を捕まえろ」

伊十郎は叫び、駕籠に突進をした。

「弥助。おしのを守れ」

伊十郎は抜刀した。黒装束の男は剣を逆手《さかて》に握って構えた。同じ黒装束の男がもうひとりいた。

「この前、俺の屋敷に現れた者だな」

ひとりが無言のまま突進して来た。すれ違いざま、逆手の剣が鋭く伊十郎の脾《ひ》腹《ばら》を襲った。伊十郎は横っ飛びに逃れ、と同時に相手の背中に斬りつけた。

しかし、切っ先は着物を裂いただけだった。

相手は振り返り、体勢を立て直した。再び、剣を逆手に握ったまま迫って来た。と、同時にもうひとりの男が背後から斬りかかって来た。

素早く、伊十郎は左手に十手《じって》を握っていた。逆手で凄まじい勢いで水平に襲って来た剣を十手の鉤《かぎ》で受けとめ、右手で持った剣で背後からの剣を弾《はじ》いた。

鉤に剣を引っかけたまま十手をひねると、相手の体が揺らいだ。そこに、伊十郎は峰打《みねう》ちで小手《こて》を打ちつけた。

うっと呻いて、相手は剣を放した。

体勢を立て直して再度斬りかかって来た相手の懐に飛び込むようにし、相手の脾腹に剣の峰を打ちつけた。

足元で、ふたりの黒装束の男がのたうちまわっていた。

弥助とおしの母子は辰三たちが保護をし、『夕月堂』の番頭は貞吉が捕まえていた。それを確かめてから、伊十郎は柳の陰の暗がりにいる男に向かって呼びかけた。

「伊丹どの。出てまいられよ」

伊十郎が声をかけると、静かに伊丹豊四郎が姿を現した。

「伊丹どの。この賊ふたりと『夕月堂』の番頭を大番屋に連れて行くがよろしいか。一連の事件が明るみになりましょう。忠保公が孫に当たる赤子を殺そうとし、そのことを壱岐守さまも黙認していたことが幕閣の知るところになれば、有森家の立場はどうなりますやら」

「…………」

「おしの」

伊十郎は背後にいるおしのに呼びかけた。

「はい」

「そなたに望みがあるか。壱岐守さまに訴えたいことがあるか」

「いえ、ありません。私はただこの子と静かに暮らしたいだけでございます」

「よし」

伊十郎は豊四郎に顔を戻した。

「聞いてのとおりだ。おしのは有森家とは縁を切り、自由に暮らしたいのだ。野望などあるはずがない」

「生きている限り、その子を利用しようとする輩《やから》が現れぬとも限らぬ。忠保公は二度と跡継ぎ問題を起こさぬように将来の禍根を取り除こうとしているのだ」

「勝手な理屈だな」

伊十郎は一笑に付した。

「だが、おぬしらにとっては真剣なことなのであろう。解決策はひとつしかない。この赤子が死んだことにするのだ」

「どういうことだ？」

豊四郎は訝しげな顔をした。

「忠保公にお役目無事果たしたと告げるのだ。それにより、おしのの子は死んだことになる。将来、仮にこの子が名乗り出たとしても、それは偽者だ」

「そんな嘘が通用すると思っているのか」

「通用させるのだ。それが、有森家のためだ。もし、それを拒むなら奉行所として事件を本格的に調べる」

豊四郎は返答に詰まっている。

「考えるまでもないこと」

伊十郎は判断を促した。

「わかった。しかし、私としてはけじめが必要だ」

豊四郎は刀の柄《つか》を手で叩いた。

伊十郎はその意味を察した。

「よし」

伊十郎はおしののそばに行き、

「すまぬ。赤子を」

と、手を差し出した。

不安そうに、おしのは赤子を伊十郎に渡した。

赤子は伊十郎を見て、にこりと笑った。

「いい子だ」

腕の中に包み込むように抱いて、伊十郎は豊四郎に向き合った。

豊四郎が静かに剣を抜いた。

おしのがあっと短く叫んだ。伊十郎は赤子を抱いたまま微動だにしない。

豊四郎が上段から剣を振り下ろした。唸り音を発して空《くう》を切った。やがて、静かに剣を鞘《さや》に納めた。

赤子は無邪気に笑っていた。

「始末した証に赤子のものを所望したい」

豊四郎がおしのに言った。

おしのは伊十郎のところに駆け寄り、赤子からお守り袋をとり、豊四郎に渡した。

「壱岐守さまより元気なややを産めと頂戴《ちょうだい》したものにございます」

「うむ。これさえあれば」

豊四郎はお守り袋をしっかりと握った。

「おしのどの。もう二度と会うこともあるまい。赤子ともども達者に暮らせ。井原どの。では、あとあとのこと頼み入る」

豊四郎は仲間ふたりを引き立て、引き上げて行った。

「旦那。だいじょうぶですかえ。信用出来ますか」

豊四郎の背中を見送りながら、辰三がきいた。

「あの男なら間違いない。ちゃんと、忠保公を説き伏せるだろう」

伊十郎は自信を持って答えた。赤子を斬る真似をしたのも、単に体裁を整えるというだけでなく、剣を抜くことで伊十郎との男と男の約束を守るとの誓いを見せたのだ。

「俺たちも、事件の終結を有森家の名を出さずに行なわねばならぬ」

伊十郎も豊四郎との約束を守ることを誓った。

「井原さま」

弥助が近付いて来た。

「ありがとうございました。なんとお礼を申し上げてよいかわかりません」

「いや。そなたもよくふたりを守ってやった。これからも、そばにいてやることだ」

「はい。そのつもりです」

「おしの。今宵は、また俺の屋敷に来るのだ。今後のことをそれから相談だ。弥助。そなたもいっしょにまいれ」

「はい」

弥助は明るい声で言った。

「辰三。この番頭を『夕月堂』に連れ帰り、主人にも釘《くぎ》を刺しておけ」

「へい」

遠くで様子を窺《うかが》っていた駕籠かきが騒ぎが治まったのを見てのこのこと出て来た。

「おい、駕籠屋。八丁堀までだ」

松助が駕籠かきに声をかけた。

伊十郎はおしの母子とともに自分の屋敷に戻った。駕籠から下りるおしの母子を甲斐甲斐《かいがい》しく世話をする弥助を見て、伊十郎は覚えず含み笑いがもれた。

弥助はおしのに惚《ほ》れている。そう思ったとき、おしの母子の新しい生き方が見つかったような気がした。

四

ふつか後の朝、おしの母子と弥助は、弥助の実家がある葛西《かさい》村に出立した。

「弥助。この子のいい父親になれ」

「はい」

弥助は恥ずかしそうに、だが力強く頷いた。

傍らで、おしのも顔を赤らめていた。

「松助。途中まで送っていけ」

「へい」

「もう一度、赤子の顔を見せてくれ」

伊十郎は頼んだ。

相変わらず口をいっぱいに開けて笑う。会えなくなるのは寂しいと思った。

「では、達者で」

「いろいろありがとうございました」

弥助とおしのは何度も頭を下げて去って行った。

「名残惜しゅうございますね」

半太郎が半泣きになった。

「泣く奴があるか」

「子どもというのがあんなにもかわいいものとは思いませんでした」

「そうだな」

「旦那さまも早く百合さまとの間にお子を。そうなれば、またこのお屋敷も賑《にぎ》やかになります」

「百合どのか」

胸に切ないものが流れた。

しばらく百合に会っていない。高木文左衛門はちゃんとほんとうのことを話してくれただろうか。


さらに数日後、伊十郎が町廻りを終えて奉行所に戻ると、高木文左衛門から呼び出しがあった。

年番与力詰所の隣にある小部屋でしばらく待ち、ようやく文左衛門がやって来た。

文左衛門の機嫌はよさそうだった。

「待たせたの」

「お奉行とも相談したが、すべてそなたの言うように始末することにした。有森家の名前を出さずに済ますにはそれしか方法はない」

荷崩れは喧嘩の相手がわざとしたもので、その喧嘩の相手は良心の呵責《かしやく》に耐えかねて神田川に身を投げて死んだ。顔が腫《は》れていたのは川を流されているときに橋桁《はしげた》や杭《くい》にぶつかったためであるという報告をしたのである。

「では、『小牧屋』の主人は?」

「改めて吟味をやり直すことになった。荷崩れが他人の手によって起こったのだとしても、路上に荷を積んでいたから起きたことだ。その責任は負わねばならぬが、荷が間違って送り届けられたという止《や》むを得ぬ事情もある。まあ、そんなに重たい罪にはならぬだろう」

「それを伺って安堵《あんど》しました」

「荷崩れの下敷きになって死んだ者も、相手の男もともに有森家の関わりのある者。ふたりの死体は有森家の者に供養してもらわねばならぬが」

文左衛門はふと思い出したように、

「芝山どのは忠保公から将来の禍根はなくなったと聞かされたそうだ。それ以上の詮索《せんさく》は許されなかったらしいが、芝山どのは安堵されていた。芝山どのからそなたへの言伝《ことづ》てだ。感謝している。そう伝えてくれということだった」

どうやら、芝山半太夫はおしのの子どもが生きていることに感づいているようだ。しかし、壱岐守が女中に産ませた子は亡くなった。有森家では、そう信じられることになる。

「忠保公はおしのが身分の低い娘だから許せなかったのでしょう。ほんとうに身勝手なお方です」

「これ。よけいなことを言うものではない」

文左衛門はあわてて制した。

その夜、伊十郎はおふじの家に寄った。

すぐ引き上げるつもりで、部屋に上がった。

「旦那。お酒でも」

「いや。ひと言、礼を言いたくて寄っただけだ」

「なにがですか」

「それ、百合どのの使いが偽者だと教えてくれたことだ。それにしても、よく見抜いた」

伊十郎が感心して言う。

「いえ、たまたまですよ」

おふじは答えてから、眉根《まゆね》を寄せて、

「それより、旦那。あの英才さんには困りました」

と、呆れたように言う。

「なに、まだ諦めていないのか」

「はい。今度はこうですよ。井原さまの許しが出たら描かせてもらえますか、ですって」

「俺の許しだと。ばかな」

「本人はそう信じています。私と旦那の仲を誤解しているのかもしれません」

「なんだと」

大仰《おおぎょう》に呆れたふうを装ったが、誤解されて悪い気はしなかった。もし、百合との話がなければ、俺はきっとおふじを……。いけない、こんなことを無意識のうちに考えるようだから女にだらしないと他人の目に映るのだ。隠し子の件も、俺の不徳のいたすところだと、伊十郎は大きくため息をついた。

「あら、旦那。どうしたんですね。ため息なんかついちゃって」

「いや。例の隠し子の件が無事に片づいたのでほっとしたところだ」

「そうですか。じゃあ、そのうち、百合さまがお見えになりますよ」

「来てくれるだろうか」

「ええ、来ますとも。百合さまを信じて」

「うむ。そうしよう」

おふじの言うことはなんでも素直に聞き入れられる。やはり、俺は百合よりおふじのほうが……。いけない、またよけいなことを考えた。

刀を摑んで、伊十郎は立ち上がった。

「おふじ。また、来る」

「じゃあ、今度は百合さまとのことを教えてくださいね」

おふじがいたずらっぽく笑った。その笑顔がたまらなく色っぽい。伊十郎は逃げるように家を飛び出した。

その百合が来たのはふつか後だった。伊十郎が奉行所から屋敷に戻ると、半太郎が玄関でそわそわしていた。

その落ち着きのなさで百合が来ているのだとわかった。居間に駆け込むと、百合が濡縁に腰をおろして庭を見ていた。

きょうは利休鼠《りきゅうねずみ》の着物を着て慎《つつ》ましやかに座っている。まさにその名のように清楚《せいそ》な姿だった。伊十郎は覚えず立ちすくみ、見とれていた。

気配に気づいて、百合が振り返った。

つんとした顔つきはいつもと同じだった。

「百合どの。お久しゅうございます」

感極まったように、伊十郎は百合のもとに近付いた。

「まだ、女子の匂《にお》いがいたしますね」

「えっ」

おしののことを言っているのだとわかった。

「あの女は弥助という男といっしょになって赤子とともに新しい暮らしをはじめました。松助が葛西まで行って見届けて来ました。私の子だと言ったのは、私に救いの……」

最後まで聞こうとせず、百合は立ち上がった。

「ひとが話をしているのに途中で立ち上がるとは何ごとですか。無礼ではありませんか」

と叫んだのは心の中で、実際は、

「どうかされましたか」

と、伊十郎は声をかけた。

「どなたかいらっしゃったようです」

「半太郎が相手をするからだいじょうぶです。百合どの。今夜は夕餉でもごいっしょにいかがですか。ぜひ」

「あいにく、これから行かねばならないところがあります」

「もう帰られるのですか。どうして、もう少し長くいてくださらないのですか」

伊十郎は不満を口にした。

「きょうはただご挨拶のためだけにまいりました。夕餉はまた改めて」

「そんな」

百合はさっさと玄関に向かった。

「百合どの。お父上どのにお目通りの件はいかがなりましょうか」

伊十郎は追いかけてきいた。

「いずれ、お話がありましょう」

「ほんとうですね」

「はい。お邪魔しました」

草履《ぞうり》を履き、百合は足早に門に向かった。伊十郎も玄関を出たが、すでに百合は門を出ていた。

ふと、脇に立っていた男に気づいた。

「英才ではないか、どうした?」

門のほうを指さしながら、英才は口をわななかせているので、伊十郎は不審に思った。

「『ほたる火』……」

「なに、『ほたる火』?」

「あの夜、見た姿と同じです」

「ばかな」

英才は美しい女を見れば誰もが『ほたる火』に見えるのだ。そう思う一方で、先日、足元に転がって来た桶《おけ》をあっさりとよけた光景を思いだした。その軽い身のこなしに驚いたものだった。

まさか。伊十郎は呆然《ぼうぜん》と立ちすくんでいた。

コスミック・時代文庫

春《はる》待《ま》ち同心《どうしん》【三】
不始末

2024年 11 月 25 日　初版発行
2024年 12 月 25 日　2刷発行

【著 者】
小《こ》杉《すぎ》健《けん》治《じ》

【発行者】
松岡太朗

【発 行】
株式会社コスミック出版
〒154-0002 東京都世田谷区下馬 6-15-4
代表　TEL.03(5432)7081
営業　TEL.03(5432)7084
　　　FAX.03(5432)7088
編集　TEL.03(5432)7086
　　　FAX.03(5432)7090

【ホームページ】
https://www.cosmicpub.com/

【振替口座】
00110-8-611382

【印刷／製本】
中央精版印刷株式会社

ISBN978-4-7747-6604-1 C0193

COSMIC
時代文庫

早見 俊 の最新シリーズ！

書下ろし長編時代小説

江戸最強の二人組は…
公家少年と悪党同心！

関白同心
少年貴族と八丁堀の鬼

役目よりも金儲けを考える悪徳同心の鬼塚寅太郎。そんな寅太郎に助けられた謎の少年、近衛菊麻呂。だがこの少年は本物の関白さまだった。まさに正反対のふたりが、なぜかさまざまな事件探索に首を突っこんでいく……。善と悪、知恵と力、最強の二人組が江戸の悪に立ち向かう、痛快捕物帳。新シリーズ開幕！

絶賛発売中！

お問い合わせはコスミック出版販売部へ！
TEL 03(5432)7084